AMOR PROTECTOR

HELEN BIANCHIN

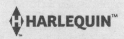

HARLEQUIN™

Editado por Harlequin Ibérica.
Una división de HarperCollins Ibérica, S.A.
Núñez de Balboa, 56
28001 Madrid

© 2007 Helen Bianchin
© 2016 Harlequin Ibérica, una división de HarperCollins Ibérica, S.A.
Amor protector, n.º 2482 - 27.7.16
Título original: The Greek Tycoon's Virgin Wife
Publicada originalmente por Mills & Boon®, Ltd., Londres.
Este título fue publicado originalmente en español en 2008

I.S.B.N.: 978-84-687-8441-0
Depósito legal: M-13658-2016
Impresión en CPI (Barcelona)
Fecha impresion para Argentina: 23.1.17
Distribuidor exclusivo para España: LOGISTA
Distribuidores para México: CODIPLYRSA y Despacho Flores
Distribuidores para Argentina: Interior, DGP, S.A. Alvarado 2118.
Cap. Fed./Buenos Aires y Gran Buenos Aires, VACCARO HNOS.

Capítulo 1

XANDRO se pasó al carril del centro. Había tráfico en la ciudad de Sidney. Las farolas de las calles se mezclaban con las señales de neón mientras el sol se ponía en el horizonte, arrancando destellos rojos en el cielo a medida que el día daba paso a la noche.

Había sido un día duro en el que había tenido dos reuniones muy estresantes, una conferencia y diversas actividades que lo habían dejado sin tiempo.

Qué bien le vendría un masaje, pero no podía ser. En menos de una hora, tenía que estar en una cena para recaudar fondos para una causa benéfica.

Solo.

Conocía a varias mujeres y sabía que muchas de ellas estarían encantadas de dejar lo que estuvieran haciendo para correr a la cena con él y a la cama luego si se terciaba, pero Xandro no se entregaba a los placeres así como así.

No en vano había conseguido tener un imperio financiero.

¿Sería una cualidad envidiable que había heredado de su padre? De ser así, sería una de las pocas ya que Yannis Caramanis había sido un canalla multimillonario, maleducado y despiadado. Se había casado, nada más y nada menos, que cuatro veces. De su primer matrimonio, había nacido él, Alexandro Cristoforo Caramanis.

Desde el principio, su padre había tenido muy claro que no quería tener más hijos. Solo quería tener un heredero. Le parecía una pérdida de tiempo tener más hijos para que entre los hermanos surgiera la rivalidad y los celos, lo que podían llevar a la ruptura del imperio que a él tanto sudor le había acostado levantar.

Al final, las diferentes esposas de su padre se habían encargado de dilapidar su fortuna. Xandro rotó los hombros hacia atrás, aceleró un poco y tomó la autopista en dirección sur, hacia el barrio de Vaucluse.

En aquel momento, sonó su móvil. Xandro miró en la pantalla quién llamaba y dejó que saltara el contestador.

El éxito conllevaba responsabilidades, demasiadas responsabilidades, y lo peor era que la tecnología moderna le hacía estar constantemente localizable, las veinticuatro horas del día.

Aunque le encantaba el mundo de los negocios, sí, lo cierto era que le gustaba mucho, había otros desafíos en la vida que quería explorar.

De momento, uno en concreto.

El matrimonio.

La familia.

Quería encontrar una mujer que fuera sincera

y sin artificios, que ocupara su cama, se encargara de convertir su casa en un hogar, fuera una anfitriona encantadora y le diera hijos.

Tenía que tratarse de una mujer que no se hiciera ilusiones con el amor y que estuviera dispuesta a tomarse el matrimonio como un negocio, sin que hubiera complicaciones emocionales.

Una cosa era el afecto propio y resultante del acto sexual y otra cosa muy diferente el amor. ¿Qué era el amor?

Xandro había amado a su madre con el amor de un niño, pero se la habían arrebatado. En cuanto a sus madrastras, lo único que habían buscado todas ellas era el dinero de su padre, los regalos y un estilo de vida lujoso. Para ellas, el niño había sido un estorbo y lo mejor que se podía hacer con él era recluirlo en un carísimo internado del que solo saldría en las vacaciones, que, por supuesto, pasaría en campamentos exclusivos en el extranjero.

Xandro había aprendido muy pronto a hacerlo todo bien para ganarse la atención de su padre. En consecuencia, todo lo que se proponía lo conseguía. Cuando su padre lo había colocado en un puesto bajo dentro del imperio Caramanis, había luchado con uñas y dientes para ir abriéndose camino y para demostrarle a su progenitor lo que valía. Había trabajado tanto, que no había tenido tiempo para frivolidades sociales.

El esfuerzo le había valido el reconocimiento de su padre, el poder subir dentro del imperio familiar, un estatus multimillonario y la atención de las mujeres. Unas más inteligentes que otras y una en concreto que había estado a punto de convencerlo para que se casaran.

A punto.

Menos mal que una investigación pormenorizada había revelado detalles ocultos, una práctica que Xandro continuaba empleando siempre que decidía acercarse a una mujer. Sí, era una táctica calculada y fría, pero le evitaba muchas sorpresas desagradables.

Xandro sonrió mientras doblaba por una calle en la que solo había mansiones. Su casa era una de ellas, una mansión situada en lo alto de una colina desde la que había unas espléndidas vistas del puerto. Se la había comprado hacía cinco años, la había reformado, había contratado a un matrimonio de servicio interno y la había convertido en una residencia de lujo en la que dormía, trabajaba y daba fiestas.

Era Xandro Caramanis.

El hombre que lo tenía todo.

El sucesor de su padre.

Duro, sin escrúpulos, asediado por las mujeres.

Así lo describían los periódicos sensacionalistas.

Poco después de media hora, duchado, afeitado y vestido de esmoquin, volvió a meterse en el coche y se dirigió de nuevo hacia la ciudad. Había menos tráfico, así que no tardó demasiado en llegar al hotel en el que se iba a celebrar la gala.

Después de dejarle el coche al portero, avanzó

hacia el ascensor y llegó al salón donde ya había algunos invitados charlando y tomando champán. El cóctel que se servía antes de cenar era la oportunidad perfecta para que los miembros del comité se pasearan por el salón y se aseguraran de que los invitados estaban bien informados de cuál era el próximo evento en el calendario social.

Aquella velada prometía mucho dinero para niños sin hogar.

Xandro paseó la mirada por el salón, observó a los demás invitados, saludó a algunos de los que tenía cerca y se fijó en una mujer joven que poseía una estructura ósea facial elegante, una boca muy bonita y unas preciosas manos que movía con gracia. Era rubia y llevaba el pelo recogido de una manera que a Xandro le hizo desear poder quitarle las horquillas para ver cómo le caía el pelo sobre los hombros.

Aquella mujer era la elegancia personificada.

Parecía un poco nerviosa y Xandro se preguntó por qué cuando era obvio que sabía desenvolverse en esa clase de eventos. La conocía perfectamente. Se trataba de Ilana, la hija de una diva de la sociedad llamada Liliana y de su difunto esposo, Henry Girard.

Aquella mujer atractiva, menuda y delgada, de casi treinta años, tenía fama de ser muy fría con los hombres. Con o sin razón, lo único que se sabía a ciencia cierta era que había cancelado su boda con Grant Baxter el día antes del enlace.

De aquello hacía dos años y parecía que la joven había vuelto a interesarse por las reuniones sociales a las que acompañaba a su madre viuda. Muchos hombres habían intentado salir con ella, pero que Xandro supiera ninguno la había conseguido.

Familia impecable, buenas maneras y conocedora del protocolo social. Ilana Girard sería una buena esposa.

Lo único que le quedaba era dar el primer paso, empezar el cortejo y hacerle su propuesta.

Xandro se dio cuenta de que Liliana Girard dejaba a su hija un momento y comenzaba a avanzar hacia él.

—Xandro, cuánto me alegro de verte.

—Hola, Liliana —contestó Xandro, tomándole las manos y besándola en la mejilla.

—Si has venido solo, tal vez te apetezca unirte a Ilana y a mí.

Xandro inclinó la cabeza.

—Gracias.

Permitió que Liliana lo precediera y puso una mirada enigmática en el mismo momento en el que Ilana presintió que se acercaba. Se dio cuenta por cómo ladeaba la cabeza. Había sido un movimiento sutil, pero suficiente. Una frágil gacela que olía el peligro, pero, por supuesto, Ilana Girard sabía fingir y, en un abrir y cerrar de ojos, había esbozado una sonrisa muy practicada en su rostro.

Observar a las personas y fijarse en su lenguaje corporal eran dos artes que a Xandro se le daban muy bien.

—Buenas noches, Xandro —consiguió saludarlo

Ilana con mucha educación maldiciendo en silencio que se le hubiera acelerado el pulso.

Aquel hombre tenía algo que hacía que se le erizara el vello de la nuca sin saber por qué.

Xandro Caramanis era alto, atractivo, de cuerpo musculoso, mandíbula cuadrada y expresión enigmática en sus ojos.

Llevaba un traje hecho a medida impecable. Aquel hombre era muy masculino y tenía un aura de poder indestructible, pero había que estar loca para no darse cuenta de la falta de escrúpulos que se escondía bajo aquella superficie.

–Hola, Ilana.

No había intentado tocarla, pero tuvo la sensación de que estaba esperando el momento. Aquello no tenía sentido.

–Me parece que estamos en la misma mesa –le dijo ella como quien no quería la cosa.

Sí era cierto que era capaz de mantener una conversación ligera con facilidad y, además, podía hacerlo también en italiano y francés, pues había vivido un año en cada país estudiando moda.

En presencia de aquel hombre tenía que estar constantemente pensando en disimular lo que sentía, pues le parecía que era capaz de leerle el pensamiento.

–¿Y eso te parece un problema?

¿Qué pasaría si le contestara que sí?

–Será un placer cenar contigo –sonrió Ilana.

Xandro sabía que estaba mintiendo.

–Uno de los miembros del comité me está llamando –intervino Liliana–. Ahora mismo vuelvo.

Ilana se sintió abandonada y vulnerable. Se dijo que podía escapar poniendo una buena excusa, pero no le serviría de nada, pues no conseguiría engañar a Xandro.

Era inevitable que sus caminos se cruzaran. El imperio Caramanis siempre donaba dinero a unas cuantas instituciones benéficas y lo normal era que Xandro se presentara en todas las galas con una mujer despampanante colgada del brazo.

Sin embargo, aquella era la tercera semana consecutiva en la que iba a una fiesta para recaudar fondos sin compañera.

¿Y qué?

La idea de que quisiera verla deliberadamente era de locos, pues eran completamente opuestos y, además, ella no quería saber nada de los hombres.

Ilana se estremeció de pies a cabeza al recordar la noche de hacía dos años cuando sus sueños se habían visto truncados de manera tan cruel.

Había sobrevivido y había seguido adelante, entregándose por completo a sus estudios y a su trabajo. Actualmente, necesitaba muy pocas cosas y no tenía ningún sueño que cumplir.

—Cariño —dijo una voz femenina en tono felino—. No esperaba verte por aquí esta noche.

—Danika —saludó Xandro intentando sonreír.

La modelo nacida en Austria era una de las modelos más codiciadas por los diseñadores internacionales a pesar de su mal carácter. Por lo visto, era una pesadilla trabajar con ella, pero poseía una magia especial para desfilar por la pasarela.

–¿Conoces a Ilana? –le preguntó Xandro.

La modelo clavó sus ojos azules en Ilana.

–¿Tendría que conocerla de algo? –preguntó haciendo un mohín.

–Ilana es diseñadora de moda.

–¿De verdad? –preguntó con una clara falta de interés.

Si lo hubiera querido hacer adrede, no le habría salido mejor. Era obvio que a aquella mujer no le interesaba en absoluto la profesión a la que se dedicara Ilana. Aquella noche era para divertirse y el único objetivo que tenía era él.

¿Y quién la iba a culpar? ¡Aquel hombre era el soltero de oro!

–Pues tu nombre no me suena de nada. ¿Cómo te apellidas?

–Girard –contestó Xandro en tono frío.

–Mis diseños llevan la etiqueta «Arabelle» –le informó Ilana–. Llevas uno –añadió.

Efectivamente, la modelo llevaba un maravilloso vestido de seda rosa fucsia que se ajustaba a sus curvas de maravilla.

–Me lo vendieron como original –dijo la modelo.

–Fue un regalo – la corrigió Ilana.

–No sé, mi agente se encarga de los detalles sin importancia.

–Tu agente hace lo que tú le dices que haga – insistió Ilana.

Formaba parte de los jueguecitos de la modelo. Los diseñadores la adoraban y hacían la vista gorda con sus caprichos. Regalarle un original no significaba nada. Era puro marketing... publicidad... ventas.

Danika le puso una mano con la manicura perfectamente hecha a Xandro en el pecho y sonrió de manera seductora.

–Me voy a asegurar de que estemos en la misma mesa.

–No –contestó Xandro, retirándole la mano.

¿Simplemente no? Qué conciso.

–Bueno, tú te lo pierdes –contestó la modelo–. Si cambias de opinión, ven a buscarme –se despidió mezclándose con los demás invitados.

En aquel momento, abrieron las puertas del comedor e indicaron a los invitados que fueran sentándose. Xandro agarró a Ilana del codo y la guio hacia el salón en el que iba a tener lugar la cena y en el que había cientos de mesas.

Ilana sentía sus dedos cálidos en la piel desnuda. Aquella simple caricia la hacía estremecerse y amenazaba con hacerle perder el equilibrio. No le hacía ninguna gracia sentirse así, así que intentó apartarse.

–¿Hay alguna razón para que te muestres tan afectuoso conmigo? –le espetó.

Xandro enarcó una ceja.

–Me gusta tu compañía.

–Me encantaría que me dijeras a qué jueguecito estás jugando –le advirtió Ilana.

–¿Me creerías si te dijera que a ninguno?

–¿Se supone que me tengo que sentir halagada?

Aquello hizo reír a Xandro.

–¿Acaso no lo estás?

–Siento decirte que no –contestó Ilana mientras una preciosa azafata los guiaba hacia su mesa.

Una vez allí, no se sorprendió en absoluto de que la tarjeta con su nombre estuviera precisamente al lado de la de Xandro. Ilana se dijo que no le costaría mucho conversar, sonreír y guardar las apariencias. En definitiva, fingir. Aquello se le daba muy bien.

–¿Qué quieres beber?

Había una botella de vino sobre la mesa, pero Ilana apenas había comido aquel día, y no quería beber para que no se le subiera la cabeza.

–Agua, gracias –contestó.

Xandro le sirvió una copa de agua y se sirvió él otra. A continuación, brindó por la buena suerte y sonrió encantado.

La mesa se fue llenando, Liliana se unió a ellos. Los que no se conocían se presentaron y tuvo lugar el discurso de bienvenida de antes de la cena por parte del presidente de la asociación que los había invitado.

Los camareros comenzaron, a continuación, a servir la cena mientras un ponente detrás de otro se iba sucediendo en el estrado.

Ilana tenía muy presente al hombre que tenía sentado a su lado... la colonia que llevaba, el olor a ropa limpia y su propio olor masculino.

Aquel hombre tenía algo realmente peligroso que amenazaba con destruir la armadura que Ilana había erigido en torno a sí misma para poder sobrevivir. Cuando estaba en su presencia, se sentía acorralada, como si no pudiera bajar la guardia en ningún momento.

Una voz interior le dijo que Xandro Caramanis no significaba absolutamente nada para ella. Se dijo que tenía que conseguir ignorarlo, pero seguía teniendo la sensación de que aquel hombre era peligroso y de que no podía relajarse.

Ilana comió mecánicamente, sin realmente saborear nada de lo que se llevaba a la boca. No le gustaba en absoluto que la gente estuviera evidentemente especulando sobre ellos al verlos sentados juntos ni que Danika no dejara de mirarlo.

¿Acaso estaba empeñado en negar públicamente cualquier relación que hubiera tenido con la glamurosa modelo?

−No.

La negación de Xandro, que había emitido en voz baja, sorprendió momentáneamente a Ilana, pero no fingió que no sabía a qué se refería.

−¿De verdad? −le preguntó enarcando una ceja.

−No.

La reiteración había sido expuesta con una inflexibilidad que Ilana no pudo ignorar y no le gustó nada el nudo que se le formó en la boca del estómago. Le hubiera gustado preguntarle a Xandro qué demonios estaba haciendo, pero no fue capaz de pronunciar las palabras, así que se giró hacia la persona que tenía a su otro lado y comenzó una conversación superficial.

Aun así, no podía escapar a la presencia de

Xandro. No podía soportar que tuviera la habilidad de ponerla nerviosa.

¿Se daría cuenta?

¡Por favor, que no fuera así!

La cena se le hizo a Ilana interminable pero, por fin, habló el último ponente y comenzaron a sonar los acordes de una música que fue señal para algunos de ponerse en pie y charlar con los ocupantes de otras mesas y para otros de que la velada había terminado.

En cualquier momento, su madre se pondría en pie, agradecería a los invitados sus aportaciones, les desearía buenas noches y ella quedaría libre de la perturbadora presencia de Xandro.

Desgraciadamente, Xandro expresó su intención de acompañarlas hasta el vestíbulo.

–No es necesario.

–Claro que sí –insistió Xandro agarrándola del codo de nuevo–. Estoy considerando la posibilidad de donar dinero para la Fundación de la Leuccmia y me gustaría hablar con tu madre.

–Qué generoso por tu parte –sonrió Liliana–. Estoy a tu disposición para ayudarte en lo que necesites.

–Maravilloso –contestó Xandro–. Me parece que sería una buena idea que aceptarais venir a cenar conmigo para hablar de los detalles –propuso–. ¿Qué os parece el jueves de la semana que viene?

–Gracias.

Ilana era consciente de que su madre organizaría su agenda social para poder ir a cenar con

Xandro Caramanis. Cuando llegaron al vestíbulo, Xandro le hizo una señal al portero para que llevaran su coche y en breves instantes apareció un Bentley GT plateado.

–A las siete –se despidió Xandro escribiéndole en una tarjeta su dirección.

A continuación, le dio una propina al aparcacoches, se sentó al volante y desapareció. Segundos después, le entregaron a Ilana su BMW azul oscuro.

–Qué invitación tan maravillosa –comentó su madre una vez en el interior del coche–. Es maravilloso que Xandro me haya pedido ayuda.

–Sí, por supuesto, debes ir a cenar con él.

–Nos ha invitado a las dos –le recordó su madre.

–Mamá, no –contestó Ilana parando coche en un cruce.

Su madre se quedó mirándola pensativa.

–¿No piensas cambiar de parecer?

Por supuesto que no. ¡Cuánto menos viera a Xandro Caramanis, mejor!

Capítulo 2

ILANA se pasó la mayor parte del fin de semana trabajando para el Certamen de la Moda, mirando y remirando una y otra vez la selección de prendas que Micky, su socia, y ella habían elegido para participar en las diferentes secciones.

El jurado, compuesto por un grupo de expertos, iba a tener en cuenta la tela, el corte y la confección antes de dar la nota final al ver la prenda desfilar en el cuerpo de una modelo.

Eso significaba que había que cuidar todos y cada uno de los detalles para que estuvieran perfectos o casi perfectos. Ganar cualquier categoría significaba despertar el interés del público y vender más. Aunque, en realidad, lo que Ilana quería de verdad era trabajar con buenos tejidos y convertirlos en prendas elegantes.

De pequeña, le encantaba vestir a sus muñecas y, con ayuda de su madre, había hecho patrones y había cortado y cosido ella misma muchas piezas. De ahí, había pasado a diseñarse y a hacerse su propia ropa. Había estudiado moda y había sido aprendiz de una de las diseñadoras australianas más famosas, lo que le había dado la oportunidad de trabajar en París, Milán y Londres durante unos cuantos años antes de volver a Sidney, donde había abierto su propio taller.

Entre los colegas era conocida por su diligencia, su trabajo bien hecho y su marca, Arabelle, era muy apreciada socialmente.

Ilana poseía el talento y la experiencia con el diseño, la aguja y el hilo y su amiga de la infancia, Micky Taylor, aportaba al equipo sus conocimientos empresariales. Además, su socia tenía una intuición especial para elegir los accesorios, aquel toque final que hacía que cualquier desfile suyo destacara por encima del de los demás diseñadores.

A Ilana le encantaba el aspecto creativo de transformar una idea mental en una realidad material, mirar una tela y visualizar la prenda terminada era un regalo, un don, e Ilana sabía apreciarlo en su justa medida. Colores, telas, estilo. Ilana trabajaba para darles vida, para que las mujeres que compraban su ropa se sintieran especiales. Los premios eran un extra.

La semana previa a la noche de los premios del Certamen de la Moda destinaba muchas horas a revisar que todo estuviera listo, a ponerse en contacto con todas las modelos y a intentar tener todo controlado, cualquier cosa que pudiera surgir.

Mientras entraba en su casa el martes por la noche, Ilana pensó que aquellos días solo tenía tiempo para comer y dormir. El resto del día lo único que hacía era trabajar.

Nada le apetecía más en aquellos momentos que darse un buen baño de espuma y comer bien, pero no iba a poder ser. Se iba a tener que conformar con una ducha rápida, ponerse un vestido de encaje de color beis, un poco de maquillaje, recogerse el pelo en un moño sencillo y conducir a Double Bay para ir con su madre a la inauguración de una galería.

Se trataba de un evento prestigioso al que solo se podía acudir con invitación y que iba a tener lugar en tres maravillosas casas que se habían unido para convertirse en la galería con los interiores más vanguardistas de toda la ciudad. Aquella galería pertenecía a una familia acomodada de mecenas modernos que se dedicaban a descubrir y patrocinar a nuevos artistas.

Cuando llegó, ya había muchos coches aparcados y tuvo que dar un par de vueltas a la manzana antes de encontrar sitio para aparcar.

Dos guardias de seguridad flanqueaban la entrada de la galería. Uno de ellos buscó su nombre en la lista de invitados mientras el otro le indicaba cómo acceder al vestíbulo.

–Hola, cariño –la saludó el hijo mayor de la familia besándole la mano–. Bienvenida.

–Hola, Jean-Paul –contestó Ilana.

Todos los hombres aquella familia se llamaban Jean. Jean-Marc el padre y Jean-Paul y Jean-Pierre los hijos.

Había gente por todas partes, charlando en grupos y tomando una copa de champán y algún canapé mientras una discreta música llenaba el ambiente a un volumen lo suficientemente bajo como para permitir las conversaciones.

Una camarera le ofreció una bandeja llena de copas de champán y zumos de naranja. Aunque le hubieran ido bien las burbujas, Ilana eligió el zumo. Había bandejas de canapés rondando por el vestíbulo en manos de personal uniformado e Ilana aceptó una servilleta, colocó encima unos cuantos y se los fue comiendo.

–Hola, cariño –la saludó su madre.

–Desde luego, el arquitecto y los decoradores de interiores han hecho una obra de arte –contestó Ilana observando cómo Liliana sonreía encantada.

–Desde luego, esto es una maravilla.

–Ha venido mucha gente.

–¿Quién iba a rechazar una invitación de Jean-Marc?

El patriarca era una leyenda en el mundo artístico de la ciudad. Poseía una mente aguda y directa y un instinto que nunca le fallaba para elegir la obra de un artista en concreto.

Muchos compradores habían hecho pequeñas fortunas siguiendo su consejo.

–Mira, quiero enseñarte una cosa –comentó Liliana agarrando a su hija del brazo.

–¿Has visto algo que te ha gustado? –sonrió Ilana.

–¿Cómo lo sabes?

–Por el brillo de tus ojos –contestó Ilana chasqueando la lengua.

–Espero que Jean-Marc esté dispuesto a negociar el precio.

Juntas avanzaron lentamente, parándose a hablar con algún amigo aquí y allá hasta que Liliana se paró frente a un precioso paisaje de árboles que parecía vivo. Se trataba de un óleo pintado al detalle, parecía hecho por un maestro.

—Te lo tienes que comprar —comentó Ilana, imaginando perfectamente el lugar de la casa de su madre en el que aquel cuadro quedaría de maravilla.

—Sí —sonrió Liliana—. Para el comedor de invitados.

—Te queda de maravilla tal y como lo tienes decorado, los colores van muy bien.

—Eso es exactamente lo que yo he pensado —contestó su madre mirando a Jean-Paul, que se acercaba a ellas de nuevo en aquel momento.

—¿Lo quieres para ti, Liliana ?

—Sí —contestó la madre de Ilana—, pero me gustaría negociar el precio.

—Seguro que mi padre también —contestó Jean-Paul colocando una discreta etiqueta de reservado junto a la pintura.

A continuación, madre e hija prosiguieron su periplo de copas de champán, canapés y cuadros mientras esperaban el momento oportuno para hablar con Jean-Marc.

—Luego nos vemos —se despidió Ilana con la intención de dejarse llevar por las burbujas, a ver si la llevaban hacía algún cuadro especial.

Y así fue aunque no era el tipo de cuadro que ella esperaba. Se trataba de una pintura oscura y dura, muy inquietante.

–Interesante –comentó una voz conocida a sus espaldas.

Ilana se preguntó, quedándose muy quieta, por qué su mecanismo de protección no había detectado la presencia de Xandro Caramanis. Tenerlo tan cerca hizo que sintiera un escalofrío por toda la columna vertebral y una llamarada interna que la abrazaba y llegaba a su sistema nervioso central, expandiendo el fuego por todo su cuerpo.

–Dime qué ves –murmuró Xandro.

Lo tenía muy cerca. Ilana tenía la sensación de que, si diera un pequeño paso atrás, su hombro entraría en contacto con su torso. Sí, lo cierto era que le apetecía tocarlo, pero Xandro se daría cuenta de que lo había hecho adrede y ella no quería que supiera el efecto que tenía sobre ella.

–Demasiado.

¿Por qué había creído que no iba a verlo aquella noche? Xandro Caramanis tenía mucho dinero. Era evidente que tenía que estar en eventos así. Por supuesto que recibiría una invitación.

–¿Crees que se trata de un recuerdo doloroso o de una advertencia? –insistió.

–Tal vez, las dos cosas.

–No es un cuadro muy agradable de ver.

–No –concedió Ilana.

Aquel hombre era tan alto y tan fuerte, que Ilana pensaba en él como si fuera un guerrero y se encontró preguntándose si el cuerpo que había bajo el maravilloso traje hecho a medida sería tan musculoso y fuerte como lo imaginaba.

Aquella idea la intranquilizó todavía más. Tendría que excusarse y alejarse, pues la idea de quedarse conversando con él se le hacía insoportable.

Ilana se giró lentamente hacia él e inmediatamente deseó no haberlo hecho. Sus rasgos eran atractivos, Xandro tenía una estructura ósea maravillosa, una boca sensual y unos ojos oscuros que hablaban por sí solos.

—Pareces cansada.

—Gracias por preocuparte —contestó Ilana cómo quien no quiere la cosa.

—¿Te molesta que lo haga?

—Por supuesto que no.

Aquello hizo reír a Xandro.

—Vente a cenar conmigo.

Ilana pensó en el plátano que se había comido a toda velocidad mientras bajaba en ascensor al aparcamiento y en el agua, el zumo de naranja, el champán y los exóticos canapés que había comido allí. Desde luego, no había sido una cena sana.

—¿Le dolería mucho a tu ego que te dijera que no?

—Acepto que pospongas la cita —sonrió Xandro.

—Yo no he dicho en ningún momento que estuviera dispuesta a aplazar ninguna cita.

—La semana que viene —insistió Xandro.

—Ya veremos.

—¿Cuando hayas consultado tu agenda social? ¿Qué noche te viene bien?

Ilana sabía que estaba jugando con fuego. Aquel hombre era capaz de esperar y era imposible saber lo que se proponía.

–¿Si te digo la noche que a mí me viene bien dejarás lo que tengas que hacer para salir a cenar conmigo?

–Sí.

Ilana sintió que el estómago le daba un vuelco. Xandro no se había movido, no la había tocado, pero se sentía como si lo hubiera hecho. Era como si el lugar en el que estaban se hubiera evaporado, el ruido y la música hubieran desaparecido y el aire que había entre ellos se hubiera electrificado. A Ilana le pareció que el tiempo se había detenido.

¿Cuánto tiempo habían permanecido en silencio? ¿Segundos, un minuto, dos? De repente, Ilana se dio cuenta de que Xandro sonreía levemente, se relajaba y su atención se dirigía a otra persona.

–Buenas noches, Liliana.

Al oír su voz, Ilana volvió a ver el salón y a sus ocupantes y sintió que la tensión comenzaba a evaporarse de su cuerpo mientras se giraba lentamente hacia su madre.

¿Qué demonios había sucedido?

Nada.

Sí, había sucedido algo. Lo había sentido, lo sentía.

–Buenas noches, Xandro –sonrió su madre sinceramente–. ¿Has visto algo de tu agrado?

«Me estoy equivocando», pensó Ilana.

Tenía que ignorar a aquel hombre que, evidentemente, estaba jugando con ella. Estaba acostumbrado a los desafíos y, como ya no debía de encontrarlos muy a menudo en su vida laboral, ahora había decidido convertirla a ella en un reto.

—Sí —contestó Xandro—. He visto algo que me voy a reservar para mí.

Estaba hablando de un cuadro, ¿no? ¿Acaso se le había subido el champán a la cabeza y se estaba imaginando que sus palabras ocultaban algo? Ilana pensó en tomarse un café, solo, caliente y fuerte, a ver si así se le despejaba la cabeza, pero sabía que, si lo hacía, no dormiría en toda la noche y realmente necesitaba descansar.

Podía poner una excusa e irse, pues su madre era consciente de las semanas de duro trabajo que llevaba a las espaldas y de las horas frenéticas que todavía tenía por delante hasta la noche de la entrega de premios. Sin embargo, el orgullo la llevo a quedarse.

—Quiero enseñarte una cosa —le comentó a su madre señalando el extremo de la sala.

Ilana tuvo la sensación de que no había engañado a Xandro ni por asomo, pero, aun así, se despidió de él con una sonrisa y se mezcló con el resto de los invitados en compañía de su madre. Para disimular, andaba lentamente, como si le interesara lo que veía, se paraba a hablar, sonreía a las personas conocidas y aceptaba los cumplidos y los deseos de buena suerte para los premios.

¿Cuánto tiempo llevaba allí? ¿Un par de horas? Eran casi las diez de la noche cuando decidió irse. Uno de los porteros se acercó a ella al verla salir.

—¿Tiene el coche aparcado cerca, señorita? —le preguntó.

–Está cerca del mío –contestó una voz demasiado conocida–. Yo la acompaño.

No quería su compañía, no necesitaba sufrir su perturbadora presencia.

«Si me tocas, te pego», pensó Ilana bajando las escaleras.

¿Acaso Xandro había hecho coincidir su salida con la de Ilana? Ilana no hizo ningún intento de iniciar una conversación y le molestó sobremanera que Xandro tampoco lo intentara pues le habría encantado poder soltarle un comentario grosero.

El trayecto hasta el coche se le estaba haciendo eterno. Ya debía de llevar andando, por lo menos, cinco minutos. Cuando por fin llegó, suspiró aliviada, desactivó la alarma y alargó el brazo para abrir la puerta, pero se encontró con la mano de Xandro.

Se trataba de una mano cálida, fuerte, de dedos largos y sinuosos. Ilana retiró la suya como si se hubiera quemado.

–Gracias –le dijo mientras Xandro le abría la puerta.

Ilana se subió al coche y se colocó detrás del volante mientras Xandro dejaba una tarjeta de visita en el salpicadero.

–Mi teléfono móvil privado.

¿Le estaba diciendo que lo llamara?

Ilana metió la llave en el contacto y puso el motor en marcha mientras Xandro cerraba la puerta. Mientras conducía, se dio cuenta de que el ligero dolor de cabeza que había tenido durante la última media hora se estaba convirtiendo en una espantosa migraña.

Perfecto, justo lo que necesitaba.

Poco sueño y demasiada tensión...

Qué gran alivio sintió al llegar a su casa, desvestirse, quitarse el maquillaje y tomarse un par de analgésicos.

Mientras se metía en la cama, se dijo que mañana sería otro día.

Capítulo 3

EN el taller reinaba un caos ordenado.
Los vestidos volaban, por encima de la música se oían leves maldiciones y no tan leves, y la plancha de vapor susurraba en armonía con la lluvia que caía sobre el tejado.

Ilana miró los horarios, confirmó que todo estaba bien con la agencia que le enviaba a las modelos y se aseguró de que la empresa a la que le había alquilado la furgoneta tenía correctamente los tiempos de recogida.

Todo saldría bien. Siempre era así aunque la noche previa se pasara mal y hubiera sangre, sudor y lágrimas.

—Hay un repartidor en la puerta.

Ilana frunció el ceño. ¿Un repartidor? Ya habían llegado todos los envíos que estaban esperando.

La ayudante de Micky se dirigió a la puerta principal y volvió con un precioso ramo de capullos de rosa en tonos crema y salmón.

¿Liliana?

Ilana despegó la tarjeta.

Xandro.

No había duda. Lo había escrito de su puño y letra seguido de un afectuoso «buena suerte».

–Qué bonitas –comentó Micky–. ¿De quién son?

Ilana se metió la tarjeta en el bolsillo y respondió a toda velocidad.

–Nos desean buena suerte para mañana por la noche –contestó, metiéndose en la minúscula cocina y sacando un florero de un armario.

Había sido un gesto bonito, pero solo era eso. Así de sencillo. Ilana se dijo que no había nada de sencillo en Xandro Caramanis.

No le quedó mucho tiempo para pensar cuando llegó el sábado y todo el equipo de Arabelle se puso en acción con los preparativos para la noche.

Una hora antes de que la primera modelo pisara la pasarela, el vestuario estaba lleno de ropa, diseñadores nerviosos, peluqueros, maquilladores y teléfonos móviles sonando continuamente.

Y sería todavía peor a medida que fueran pasando los minutos.

Apenas había espacio para moverse y tanta gente en un espacio tan pequeño hacía que hubiera fricciones. Menos mal que la música que habían puesto sonaba a todo volumen dando la bienvenida a unos mil invitados.

La organización y la coordinación tenían que ser el hilo conductor de la velada. Todos los diseñadores tenían una lista detallada para cada categoría y el orden de aparición.

–Perdón por llegar tarde.

Ilana oyó la voz, la reconoció vagamente, se giró y... sintió que se derrumbaba.

¿Le habían mandado a Danika para sustituir a la modelo que se había puesto enferma?

Dios mío.

Bueno, se las tendrían que apañar, pero no iba resultar fácil, teniendo en cuenta que la modelo no paraba de quejarse.

—Estos zapatos no me están bien.

—¿Este cinturón? ¿Te has vuelto loca?

Ilana quería recogerle el pelo y Danika se empeñaba en llevarlo suelto.

—No pienso llevar esa bisutería, buscadme otra cosa.

En la pasarela todo parecía perfecto.

En los vestuarios era completamente diferente.

—Como se vuelva a quejar, la mato —amenazó Micky mientras Danika salía a la pasarela.

—Dentro de una hora todo habrá terminado —le recordó su amiga.

Unos minutos después, Micky le entregó a la modelo unas pulseras y unos pendientes, que Danika aceptó con un suspiro de resignación.

Se oían los aplausos por encima de la música. Las modelos fueron volviendo una a una, efectuaron un rápido cambio de ropa y se prepararon para la próxima categoría. A continuación, ropa de cóctel y el vestido de fiesta.

Ilana había diseñado un vestido rojo espectacular con corpiño plisado y falda por los tobillos con una abertura lateral que llegaba casi hasta la cadera.

Para ser justos, Danika lo lució con increíble soltura y elegancia.

—Prefiero llevarme el vestido a que me paguéis en efectivo —comentó la modelo.

—Es original y forma parte de la colección —le explicó Ilana.

—Precisamente por eso.

—Imposible —le dijo Micky, bajándole la cremallera—. Este vestido tiene que desfilar la próxima temporada.

—Pues haces otro y ya está —insistió la modelo.

Ilana tomó aire... una vez, dos veces...

—Entonces, ya no sería original —le dijo.

La última categoría era la de vestidos de novia y Arabelle había optado por un vestido tradicional de exquisito encaje, cuello recatado y botones entelados siguiendo la columna vertebral. La falda se movía imitando las ondulaciones de las olas del mar con cada paso que daba la modelo.

Al final del desfile, esperaron con tensión y nervios la decisión final del jurado para ver qué diseñadores ganaban en cada categoría. Aquel era el momento que todo el mundo había estado esperando y los organizadores supieron mantener el suspense hasta que los miembros del jurado entregaron sus votaciones.

A continuación, fueron diciendo cada categoría y la modelo aparecía sobre la pasarela con el diseñador para recibir los generosos aplausos del público.

La tensión era tan intensa, que Ilana agarró a Micky con fuerza de la mano. Finalmente, ganaron en la categoría de vestido de fiesta con el vestido rojo y también en la de vestido de novia.

Fue un momento increíble. Ilana y Micky subieron a la pasarela juntas, ataviadas con sus ya característicos pantalones negros, blusones y zapatos de tacón alto mientras Danika se paseaba con sus diseños.

A continuación, uno hubo una presentación, un breve discurso, mucha alegría, nervios y alivio. Luego llegaron las enhorabuenas y las fotografías.

–Qué orgullosa estoy de ti –le dijo Liliana a su hija abrazándola con fuerza.

Luego la abrazó tanta gente, que Ilana creyó que la cabeza le iba estallar.

–Enhorabuena.

Ilana reconoció la voz al instante y sintió que el corazón se le aceleraba. Al girarse, se encontró con Xandro.

No esperaba verlo allí. Un hombre heterosexual no iba solo a un acontecimiento así. Ilana se preguntó si habría ido a recoger a Danika. Tal vez, hubiera acudido acompañado por otra mujer. ¡Desde luego, mujeres no le faltaban!

«¡Por favor, tengo que parar esto! ¿Y a mí qué me importa con quién salga este hombre?».

–Gracias –le dijo.

Aquel hombre emanaba fuerza y sensualidad, una combinación letal que no dejaba indiferente a ninguna mujer. Debajo de la sofisticada fachada vivía el corazón y el alma de un guerrero actual. Un guerrero fuerte, poderoso y salvaje.

Solo una ingenua se atrevería a jugar con él.

Era fácil entender por qué las mujeres caían rendidas a sus pies.

Fascinación, cosquilleo y la intuición de que aquel hombre sabría tocar con sus manos y su boca, sabría regalar placer... Deseo y fuego, orgasmos y placer, pero, ¿y luego qué?

–¿Has terminado? –le preguntó Xandro.

Ilana se dio cuenta entonces de que debía de llevar un buen rato mirándolo fijamente. Aquello hizo que se sonrojara mientras intentaba recuperar la compostura y sonreír como si no pasara nada. En aquel momento, Xandro se inclinó sobre ella y le rozó los labios. Ilana sintió sus labios cálidos y la punta de su lengua deslizándose por su boca. Al instante, sintió que le costaba respirar, pues aquello prometía mucho, mucho más.

Lo único que hubiera tenido que hacer habría sido buscar su lengua, darle una silenciosa invitación, pero no lo hizo, no podía hacerlo.

Ilana sintió un escalofrío por todo el cuerpo y rezó para que Xandro no se diera cuenta. Le pilló completamente por sorpresa que Xandro le tomara el rostro entre las manos y profundizara el beso. Aquello hizo que se le acelerara el pulso. Se sentía perdida en un mar de sensaciones sexuales tan intensas, que solo podía concentrarse en aquel hombre.

Y lo peor era su respuesta, su propia respuesta, una respuesta que le estaba sorprendiendo y que nunca le había dado a ningún hombre, ni siquiera a su exprometido.

Xandro se apartó lentamente e Ilana se quedó mirándolo con los ojos muy abiertos, asegurándose una y otra vez que aquello no había significado nada. Había sido solo un beso entre abrazos y besos de enhorabuena.

Mentira.

El beso de Xandro había sido especial y había despertado en ella emociones que había desechado de su vida hacía tiempo. Ilana no podía dejar de mirarlo.

«Por favor, no quiero que suceda esto», se dijo.

Ilana lo estaba mirando a los ojos, pero no era capaz de leer nada en su oscura mirada. Cuando llegó otra persona a darle la enhorabuena, consiguió sonreír y hablar, pero le dio la sensación de que lo estaba haciendo con el piloto automático.

Xandro había desaparecido.

¿Por qué la habría besado así? ¿Para impresionarla? ¿Sería acaso que estaba jugando con ella para darle celos a Danika?

Aquella última opción la enfadó sobremanera. No estaba dispuesta a dejar que ningún hombre la utilizara y, menos, Xandro Caramanis.

Por supuesto, se lo iba a decir en cuanto lo viera.

Los premios recibidos aquella noche hicieron que las invitaran a participar en una gala benéfica aquel verano y en un montón de desfiles durante los próximos meses.

—Voy a ir a ayudar a las chicas a cargar la ropa en la furgoneta —comentó Micky.

—Voy contigo —contestó Ilana.

El ambiente estaba menos cargado, las modelos se habían cambiado de ropa y la mayoría se habían ido junto con los peluqueros y las chicas de maquillaje.

En el vestuario, reinaba la camaradería y, si los diseñadores que no habían ganado estaban enfadados, no lo demostraban.

Las ayudantes de Ilana y de Micky lo tenían todo organizado, los zapatos, los accesorios, la bisutería, cada cosa en su caja y la ropa en sus bolsas especiales. Ya solo quedaba cargarlo todo en la furgoneta para volver al taller.

–Me gustaría decirte una cosa antes de irme. Quería darte las gracias por haber venido –se despidió Ilana de Danika.

–Es mi trabajo –contestó la modelo, encogiéndose de hombros–. Yo también quiero decirte una última cosa antes de irme. No toques a Xandro –añadió mirándola con frialdad.

–No lo he tocado en ningún momento –contestó Ilana sinceramente, pues había sido él quien la había tocado a ella.

Danika la miró con aire despectivo y se dirigió a la puerta. Era un secreto a voces que la modelo estaba loca por el joven millonario de origen griego, exactamente igual que otras muchas mujeres de la alta sociedad de la ciudad.

Pero no Ilana Girard. De ella, precisamente, Danika no tenía nada que temer. Aquella ironía hizo sonreír a Ilana.

–Ya hemos terminado –anunció Micky–. ¡Vámonos de fiesta! –añadió, diciéndole el nombre de un bar al que se podía ir andando desde allí–. Supongo que tu madre nos estará esperando allí y Xandro, también.

Ilana sintió que corazón le daba un vuelco.

–¿Por qué crees que Xandro va a estar esperándonos en ese bar?

–Porque he visto cómo te besaba y es evidente que quiere más, porque estaba hablando con tu madre cuando les he hecho la invitación y porque ya va siendo hora de que empieces a salir con hombres otra vez –contestó su amiga.

–¿Desde cuándo me organizas la vida?

–Solo te organizo la noche –sonrió su socia–. Lo que pase luego no es asunto mío.

–Luego no va pasar absolutamente nada.

–Ya.

–Xandro no me interesa –le aseguró Ilana.

–Pero tú sí que le interesas.

–No creo que sea nada más que un desafío para él –sonrió Ilana–. Algo así como besar a la dama de hielo para ver si consigues que se derrita.

–¿Y lo ha conseguido? ¿Te has derretido?

Completamente, pero no estaba dispuesta a decírselo a nadie.

–Confieso que tiene práctica en el arte del besar.

–¿Pero no te ha producido ninguna reacción tipo encoger los dedos de los pies, sentir un nudo en la boca del estómago ni como que estás volando alrededor del planeta?

Por supuesto que sí.

–No –mintió Ilana, encogiéndose de hombros.

El equipo de Arabelle estaba ya sentado en

una mesa cuando llegaron Ilana y Micky. Sobre
la mesa, había champán y comida para picar.
Xandro se puso en pie y le indicó la silla que había a su lado y antes de que a Ilana le diera tiempo de negarse, Micky y se había sentado enfrente
y la había dejado sin opción.

Brindaron con champán varias veces, se rieron
mucho e Ilana sintió que el corazón le daba un
vuelco cuando Xandro tocó su copa de champán
con la suya y se quedó mirandola a los ojos.

Lo tenía sentado demasiado cerca, sentía su
muslo a tan solo unos centímetros y su potente
masculinidad. Ilana sentía sentimientos ambiva-
lentes corriendo por sus venas, susurrándole al
oído lo que podría ser si tuviera el valor de dejarse llevar.

Sin embargo, no se atrevía. Tenía miedo de
abrirle el corazón, su vulnerable corazón, a un
hombre que podría destrozarla. Era mucho más
inteligente por su parte reprimirse y no tener nada
con ningún hombre y, menos todavía, con Xandro
Caramanis.

A medianoche, las chicas comenzaron a irse y,
tras despedirse con abrazos en la acera, Xandro
se ofreció a llevar a Ilana a casa.

—No, voy a llamar a un taxi.

—De eso, nada.

¿Eran imaginaciones suyas o todo el mundo se
había evaporado con discreción y rapidez? Inclu-
so su madre.

—No digas tonterías.

Xandro la tomó de la mano.

—Tengo el coche aparcado aquí cerca.

—¿Eres siempre así de marimandón?

—Digamos que le he prometido a tu madre que te iba a dejar en casa sana y salva.

Y así fue cómo Ilana se encontró sentada en un lujoso vehículo. ¿Habría sido porque había bebido demasiado champán o porque la habían manipulado?

El habitáculo del coche pronto se llenó de los acordes de una música maravillosa, Ilana echó la cabeza hacia atrás y cerró los ojos mientras pensaba en la velada, en la ropa, en las modelos, en el jurado, en la victoria.

Y en el beso de Xandro.

La palabra que se le ocurrió fue «increíble".

¿Qué tal amante sería?

No tenía ninguna intención de descubrirlo.

No, no debía adentrarse en aquel territorio pues su intuición le advertía que jamás sobreviviría con las emociones intactas.

Además, ¿cómo olvidar la amenaza de Grant Baxter cuando le había dicho que no iba a casarse con él?

«Si se te ocurre salir con otro hombre, te mato», le había dicho.

Durante dos años, había conseguido no acercarse a ningún otro hombre porque no había querido.

Ilana se aseguró que nada había cambiado, pero lo cierto era que no era así.

Algo había cambiado y no sabía qué hacer al respecto.

Capítulo 4

DESPIERTA, bella durmiente.

Ilana giró la cabeza y se encontró con los poderosos rasgos de Xandro. Habían llegado a su casa.

—No estaba dormida.

—Entonces, ¿estás soñando despierta? —sonrió Xandro.

—Gracias —contestó Ilana soltando el cinturón de seguridad y alargando la mano para abrir la puerta.

—De nada.

Ilana no pudo moverse pues Xandro le tomó el rostro entre las manos y la besó. A continuación, la soltó e Ilana salió del coche a toda velocidad para no caer en la tentación de quedarse, pasarle los brazos por el cuello y apretarse contra él.

No, no podía ser.

Xandro esperó hasta que Ilana pasó la caseta de seguridad y entró en el ascensor. Entonces y solo entonces, puso el coche de nuevo en marcha y se alejó.

Mientras entraba en casa, Ilana se dijo que ha-

bía sido una gran noche, una celebración maravillosa, ganar era lo mejor del mundo.

Al día siguiente, era domingo y no tenía necesidad de poner el despertador porque no tenía que
madrugar.

Una dosis de cafeína seguida de una buena ducha caliente, algo de comer y un par de analgésicos y otra taza de café la ayudaron un poco.

Durante la última semana antes del certamen
no había tenido tiempo para nada y su casa estaba
bastante desordenada, así que dedicó la mañana a
recoger ropa y poner una lavadora antes de vestirse y dirigirse al taller.

Hacía sol, así que Ilana se puso las gafas nada
más salir a la calle. Mientras andaba, se fijó en
que todos los cafés estaban llenos. A la gente le
encantaba tomar el *brunch* el domingo por la mañana y apenas había sitio para aparcar en el paseo
marítimo.

Del océano llegaba una suave brisa que agita-
ba suavemente las numerosas sombrillas que había en la playa. Para mucha gente el fin de semana invitaba a la relajación, a tomar el sol, a nadar
y a comer fuera de casa.

Ilana se dijo que, cuando hubiera terminado
de poner en orden el taller, se regalaría una buena comida. Al llegar, abrió la puerta, dejó el
bolso y el teléfono móvil sobre la mesa y comenzó a recoger. Tenía que actualizar su agenda, mirar las citas que tenía, poner un asterisco

en los posibles eventos y pasar los números de contacto.

A continuación, examinó de cerca las prendas que habían desfilado por la pasarela la noche anterior, pues algunas necesitarían tintorería y unos toques de aguja. En general, las modelos solían ser cuidadosas, pero, de vez en cuando, con las prisas, una uña podía engancharse en un dobladillo o en un escote.

Al cabo de un rato, había revisado todas las prendas y se sentía aliviada, pues solamente un par de ellas iban a necesitar una reparación mínima. Para terminar, puso juntas las que iba a llevar a la tintorería.

Ilana se acercó a la nevera y sacó una botella de agua mineral que casi se bebió de un trago.

Casi había terminado.

Mientras degustaba el agua, hizo un repaso mental de la maravillosa noche, visualizó cada prenda en cada categoría y, de repente, frunció el ceño.

Faltaba el vestido de fiesta rojo.

Ilana sintió que se le formaba una bola de tensión en la boca del estómago.

No podía ser, pero sabía con una horrible certidumbre que sí, que el vestido faltaba y que lo más probable era que se lo hubiera llevado Danika.

Maldición.

Lo que le salía de las entrañas era descolgar el teléfono, llamar a la modelo y echarle una buena reprimenda, pero no podía hacerlo. Iba tener que

conformarse con contactar con la agencia de Danika, explicar lo sucedido, pedir que se le devol-
viera el vestido y ofrecer otro a cambio.

En ese momento, sonó su teléfono móvil. Ilana descolgó, saludó y recibió la callada por respuesta, así que miró la pantalla por si se había
quedado sin batería, pero vio que estaba bien.
Colgaron. A los pocos minutos, el teléfono volvió
a sonar con el mismo resultado y, cuando Ilana
intentó activar la función de rellamada, se le informó de que el número era privado y no tenía
acceso.

Qué raro.

Ilana siguió con su actividad, marcó el teléfono de la agencia de las modelos y le contestó el
contestador automático. Claro, era domingo. Llamó a la directora de la agencia y le dejó un mensaje.

Enfadada, decidió que lo único que podía hacer era cerrar el taller, irse a comer y volver a
casa. Eligió una cafetería, pidió la comida y eligió un periódico de los que el local ofrecía a su
clientela. El camarero le llevó un té con leche y,
apenas lo había probado, cuando su teléfono móvil volvió a sonar.

−¿Debería decirle que eres una zorrita frígida?

La persona que había hablado colgó antes de
que a Ilana le diera tiempo de responder. Ilana cerró los ojos y, cuando los abrió, tuvo que hacer un
gran esfuerzo para controlar la furia y la sorpresa
que se había formado en lo más profundo de su
ser.

¿Grant?

¿Después de dos años?

Ilana se estremeció de pies a cabeza.

¿Por qué? ¿Por qué ahora?

A menos que...

No, era imposible que nada de lo que hubiera hecho o dicho hubiera sacado a la bestia negra que habitaba bajo la fachada encantadora de su exprometido.

Su mente buscó mientras recordaba las palabras que acababa de oír.

Entonces, lo comprendió.

Los fotógrafos del certamen de moda. ¿No sería que alguno de ellos había captado el momento en el que la boca de Xandro y la suya se habían encontrado?

Ilana se apresuró a pasar las páginas del periódico hasta llegar a la sección de social. Una vez allí, comprobó que, efectivamente, había una fotografía suya y un titular que lo dejaba todo claro, pues especulaba con que Xandro Caramanis e Ilana Girard eran pareja ya que se les había visto juntos últimamente en varias ocasiones.

Maldición.

La prensa siempre inventando. ¿Es que no se daban cuenta del daño que hacían?

¿Pareja?

Ilana apretó los puños.

¿Podría exigir que corrigieran aquel titular?

¡Sí, claro, cuando los burros volaran! El editor del periódico se reiría en su cara.

Ilana no sabía exactamente el efecto que aquella fotografía, el titular y el texto iban a tener en su vida. Tampoco que su exprometido era un camaleón con mucha práctica capaz de encolerizarse al extremo.

El camarero le llevó la comida, Ilana se quedó mirando la ensalada César y se obligó a comérsela, pero, al rato, después de tomar unos cuantos bocados, la apartó, pues se le había quitado el apetito.

Tras pagar, se acercó a casa andando. Estaba nerviosa y tan tensa, que le dolía el cuerpo entero. Hasta que no se vio completamente a salvo en su casa no comenzó a tranquilizarse.

La luz del contestador automático estaba parpadeando, así que se dispuso a escuchar los mensajes. Uno de su madre, otro de Micky, unas cuantas personas dándole la enhorabuena y la voz de Grant...

–Te estoy vigilando.

¿Cómo demonios habría conseguido su número privado? No figuraba en el listín telefónico. Ilana sintió que la rabia se apoderaba de ella mientras buscaba el número de Xandro y lo marcaba.

–Buenos días, Ilana –contestó Xandro al tercer timbrazo.

–¿Tienes idea de los problemas que ese fotógrafo y las suposiciones de su periódico me han causado? –le espetó Ilana, agarrando el teléfono con fuerza.

–Estaré en tu casa en diez minutos.

–No...

—En diez minutos, Ilana.

Xandro colgó y, cuando Ilana volvió a llamarlo, no contestó, lo que hizo que Ilana maldijera a voz en grito.

¡Maldición!

Si a Xandro se le ocurría presentarse en su casa y Grant la estaba vigilando... sin pensarlo dos veces, recogió el bolso y las llaves y bajó al vestíbulo. Cuando vio aparecer el coche de Xandro, estaba tan nerviosa, que tuvo que hacer un gran esfuerzo para no salir corriendo hacia él.

No debía perder la calma, se repitió una y otra vez mientras caminaba hacia el coche, abría la puerta y se sentaba en el asiento del copiloto.

—Por favor, vámonos.

Xandro quería pedirle una explicación y lo iba a hacer, pero, de momento, hizo lo que Ilana le pedía. Al llegar a Double Bay, paró el coche.

—Vamos —le dijo.

—No quiero...

—Te tienes que relajar, así que vamos a comer algo y me cuentas qué te pasa.

—Ya he comido —contestó Ilana.

Xandro bajó del coche, lo rodeó y le abrió la puerta.

—Seguro que te apetece tomarte un postre.

Unos minutos después, entraron en un restaurante encantador donde el maître saludó a Xandro con deferencia, los sentó y mandó al somelier.

Ilana pidió agua y Xandro la imitó. A continuación, leyó rápidamente el menú y pidió para los dos.

El camarero se alejó y Xandro se quedó mirando intensamente a Ilana, dándose cuenta de que estaba muy nerviosa. Apenas se podía controlar.

–Cuéntame por qué la fotografía que ha aparecido en el periódico de hoy te apuesto así –le pidió.

¿Por dónde empezar? ¿Y hasta dónde contarle? Lo suficiente, simplemente lo suficiente para que entendiera.

–Mi exprometido me... amenazó cuando suspendí la boda –le explicó Ilana.

–¿Y tienes miedo de que vea esa fotografía?

Ilana no contestó inmediatamente.

–¿Ya la ha visto?

–Sí.

–¿Problemas?

Ilana tomó aire, lo soltó lentamente y asintió con la cabeza.

–¿Qué te ha dicho? –quiso saber Xandro.

–Por favor, no quiero entrar en detalles, pero tienes que creerme.

–¿Consideras que estás en peligro?

Ilana no sabía si reírse o llorar. ¿Las llamadas telefónicas amenazadoras se podían considerar peligrosas? Por lo visto, las amenazas, siempre y cuando fueran verbales, eran simplemente una molestia.

¿Sería capaz Grant de hacerle algo, de hacer realidad sus amenazas? Ilana no lo sabía. ¿Le serviría de algo explicarle a Xandro que su exprometido estaba desequilibrado mentalmente? No, no cambiaría nada, pues el daño que había hecho aquella fotografía ya estaba hecho.

El camarero les llevó la comida e Ilana jugueteó con ella mientras Xandro comía tranquilamente.

—Quiero salir contigo –declaró.

Ilana sintió que el corazón se le paraba.

—No me parece buena idea.

—¿Por las amenazas de tu ex?

—Tal vez he perdido la confianza en el género masculino.

—Eres lo suficientemente inteligente como para saber que no todos los hombres somos iguales.

—Todos queréis lo mismo.

—¿Sexo? Hay mucha diferencia entre sexo y hacer el amor.

—¿De verdad?

—Un hombre que no sabe cómo darle placer a su mujer es un desconsiderado.

—¿Quién va a dudar de un hombre con tu vasta experiencia?

Xandro se rio e Ilana sintió que su risa la desequilibraba y, durante un momento de locura, se imaginó haciendo el amor con él. Seguro que sería como alcanzar el nirvana, pero sabía que aquello no duraría. Era imposible, pero, ¡qué experiencia!

—Tengo entradas para una cena con espectáculo para el martes por la tarde. Me encantaría que vinieras conmigo. ¿Qué te parece a las seis y media?

¿Xandro le estaba pidiendo salir?

—No creo que...

—A las seis y media —insistió Xandro, pidiendo la cuenta.

Ilana, una mujer económicamente independiente, sacó la cartera del bolso, pero Xandro no le permitió pagar. Mientras conducía su Bentley hacía Bondi, Ilana permaneció en silencio.

¿Una cita con Xandro? Si Grant los viera juntos, se enfadaría muchísimo y solo Dios sabía lo que sería capaz de hacer. Tenía que decirle que no, así que, en cuanto Xandro hubo parado el coche frente a su casa, así se lo hizo saber.

—Si prefieres, nos vemos directamente en la ciudad —propuso Xandro—. No pienso aceptar un no por respuesta —añadió diciéndole el nombre de un restaurante—. Quedamos allí a las siete menos cuarto.

A continuación, se inclinó sobre ella y la besó levemente.

—Cuídate —le dijo.

Aquella noche, Ilana no durmió bien y al día siguiente se levantó muy nerviosa. A mediodía, se sentía fatal.

—¿Qué te pasa? —le preguntó Micky.

—Me duele la cabeza —sonrió Ilana.

—Dime la verdad.

—Te lo digo en serio. Muchos nervios y pocos sueño.

En aquel momento, llamaron al timbre y Micky fue a contestar, volviendo con otro precioso ramo de flores. Durante la mañana, habían llegado varios.

—Es para ti —anunció.

En aquella ocasión, se trataba de rosas de color crema y amarillas y llevaban una tarjeta en la que se leía «hasta mañana por la noche, Xandro».

Eran preciosas y le recordaron a Ilana que tenía que llamarlo aquella noche para cancelar la cita.

Cuando el teléfono sonó, Micky anunció que era la agencia de Danika. Tras una conversación breve y tensa, le contó lo que Ilana ya suponía.

—Danika ha dicho en la agencia que el vestido fue un regalo, que en vez de cobrar en dinero se llevó el vestido.

—¿Y?

—Es su palabra contra la nuestra.

Aquello significaba que iba a tener que quitar el vestido de fiesta rojo del desfile de la próxima temporada y reemplazarlo por otro igual de espectacular.

Durante la tarde, se sucedieron varias llamadas. Entre ellas, dos cuyo interlocutor colgó y una de Xandro que Ilana decidió no contestar y que le ganó una mirada confusa por parte de Micky.

—¿Estás loca? —le preguntó su socia, colgando el teléfono.

Ilana no necesitaba en aquellos momentos la complicación de tener un hombre en su vida y, menos, a Xandro Caramanis.

—No quiero ninguna relación —le explicó.

—Pero es un hombre guapísimo y sensual —protestó Micky, poniendo los ojos en blanco—. Basta con mirarlo para derretirse.

—¿Tú crees ? —sonrió Ilana.

—¿Tú, no?

—No —mintió Ilana.

—Me parece que Xandro no te va a dejar opción.

Imposible. Ilana tenía la situación controlada. Podía elegir. Bueno, la verdad era que no estaba tan segura porque Xandro Caramanis no había llegado a los treinta y muchos años con un éxito profesional sin precedentes sin utilizar la manipulación. Aquel hombre se dedicaba a comprar empresas y a reconstruirlas y estaba acostumbrado a la lucha encarnizada.

¿Y qué?

Ella había tenido que reconstruir su mundo emocional y su vida y lo había conseguido, demostrando que era una mujer autosuficiente y fuerte, una superviviente.

Después de aquella desastrosa noche que había precedido al día en el que se suponía que se tenía que casar, se había prometido no volver a confiar en un hombre jamás.

Entonces, ¿por qué demonios tenía dudas ahora? ¿Porque aquel hombre la había besado? Sí, porque sus besos habían desenterrado emociones olvidadas y la habían hecho desear cosas imposibles.

Aquello no era justo.

—¿Qué te parece si en el próximo desfile ponemos música funky? –le propuso Micky–. Voy a elegir unas cuantas canciones y tú me dices.

–Me parece bien.

En aquel momento, volvió a sonar su teléfono. Ilana reconoció aliviada el número de su madre y sonrió mientras descolgaba el auricular.

–Cariño, ¿por qué no te vienes a cenar conmigo esta noche? –le propuso Liliana–. Yo cocino. Solas tú y yo.

–Sí, mamá, me apetece mucho –contestó Ilana sinceramente–. Estaré allí a las seis y media. Yo llevo el vino.

Al llegar a casa de su madre, un piso espacioso que daba a la bahía, Ilana sintió que la tensión de la última semana comenzaba a desaparecer mientras sonreía a su progenitora con cariño.

Olía de maravilla e Ilana reconoció uno de los platos preferidos de su madre, pollo al vino con verduras y de postre una tarta deliciosa, todo ello acompañado con una copa de chardonnay y café.

Durante la velada, hablaron de un montón de eventos sociales a los que iban a acudir juntas, pero su madre no mencionó en ningún momento a Xandro Caramanis ni la fotografía que había aparecido publicada en el periódico del domingo.

–Supongo que habrás estado muy ocupada –comentó Liliana–. ¿Estás durmiendo bien?

«Qué sutil, mamá, qué sutil», pensó Ilana.

–Sí, estoy bien –mintió.

No, no estaba bien. ¿Cómo iba a estarlo cuando la sombra de Grant planeaba sobre su vida a intervalos demasiado frecuentes?

Ilana salió de casa de su madre bastante tarde. El cielo amenazaba lluvia y, de hecho, comenzó a llover mientras conducía. No había tráfico, así que no tardó en llegar a casa acompañada por los acordes de la música que llenaban el interior de su BMW.

Una vez allí, mientras recordaba lo placentera que había resultado la cena con su madre, la buena comida y la mejor conversación, aparcó el coche, cerró la puerta y se dirigió al ascensor.

Capítulo 5

NO había nada como despertarse nada más amanecer ante el insistente sonido del teléfono móvil. Ilana alargó el brazo, agarró el teléfono que tenía sobre la mesilla y descolgó.

—¿Sí?

Tras esperar unos cuantos minutos interminables en los que solo hubo silencio, la persona que llamaba colgó.

¿Se habría equivocado de número? Una hora después, el teléfono volvió a sonar y, de nuevo, nadie contestó.

Ilana activó la función de rellamada y la compañía telefónica a través de una grabación le indicó que el número de la persona que llamaba era privado.

Grant.

Ilana se dijo que podía activar el identificador de llamada tanto en el teléfono fijo como en el móvil. Así, podría ver en pantalla el número de la persona que llamaba.

A continuación, intentó volverse a dormir, pero no lo consiguió, así que se levantó y se dirigió a la cocina a prepararse un café. Mientras se lo tomaba, pensó que se le había olvidado llamar a Xandro la noche anterior para cancelar la cita.

¿Y si fuera? No ir sería ceder a las amenazas de Grant.

Se pasó todo el día con aquella cuestión en la mente y, al final, después de trabajar, se duchó, se cambió de ropa y se dirigió a la ciudad en coche. Xandro la saludó cuando la vio entrar en el restaurante y la besó en la boca.

—Estás guapísima.

Ilana agradeció el cumplido sinceramente mientras Xandro le indicaba al camarero que ya podía llevarlos a su mesa. Ilana se dijo que todo iba a ir bien, que lo único que iban a hacer iba a ser hablar, tomarse una copa de vino, comer y disfrutar del espectáculo. Cuando terminara, Xandro la llevaría a casa.

Todo iba a ir de maravilla. Todo iba a ser muy fácil. Ilana comenzó a relajarse. Cuando llegó el camarero, pidieron la cena y Xandro entabló una conversación cualquiera, sin demasiadas implicaciones, pues sabía que, si se ponía muy serio, se arriesgaba a que Ilana se echara atrás.

Y no quería que aquello sucediera.

—Tengo entendido que has vivido en Francia y en Italia, ¿no? —le preguntó mientras comían—. ¿Siempre por motivos de estudios?

—Sí —sonrió Ilana cada vez más a gusto—. Fui a estudiar y estudié mucho aunque también tuve algo de tiempo libre para viajar—. Los fines de semana solíamos alquilar un coche y nos íbamos de excursión, comprábamos comida y comíamos en el campo –recordó con un brillo especial en los ojos.

Xandro sintió un instinto de protección sobre aquella jovencita, sobre su amor por la vida. Le encantaría devolverle todo aquello, y sabía que podía hacerlo en cuanto Ilana aprendiera a confiar en él.

Xandro la deseaba. En su cama, en su vida, como su esposa, pero era consciente de que, si le proponía matrimonio en aquellos momentos, Ilana saldría corriendo.

El espectáculo resultó ser excelente. Ilana se lo pasó muy bien y así se lo hizo saber a Xandro mientras caminaban hacia el coche.

–Te propongo que nos tomemos un café en Double Bay y, luego, te acompañaré a casa, tú en tu coche y yo en el mío –sugirió acariciándole la mejilla–. Te sigo.

Y así fue cómo Ilana se encontró en uno de los locales más de moda de la ciudad, preguntándose por qué no se había ido directamente a casa. La respuesta era que, en realidad, no quería que la velada terminara.

Xandro le hacía pensar en lo inalcanzable. ¿Tan malo sería? Ilana pidió té mientras Xandro prefirió café. De la conversación que tuvo lugar a continuación Ilana recordó muy poco al día siguiente, solo recordaba que parecía que se deseaban mutuamente.

La verdad era que le resultaba difícil aceptar que el interés de un hombre como Xandro en ella fuera genuino y, además, se preguntaba qué sucedería de ser así.

Abandonaron el local casi a medianoche y, al llegar al coche de Ilana, Xandro le tomó el rostro entre las manos y la besó con pasión. Ilana no sabía si el beso había durado segundos o minutos, lo único que sabía era que le hubiera gustado que no hubiera terminado.

A Xandro le costó un gran esfuerzo apartarse y dejar de tocarla porque realmente se moría por hacerle el amor.

–Nos vemos mañana en la fiesta –le dijo abriéndole la puerta.

Ilana asintió mientras se ponía al volante de su coche.

Apenas había tráfico y Xandro la siguió en su coche, tal y como había prometido, hasta que llegaron a su casa. Una vez allí, Ilana le dio una ráfaga de luces largas en señal de agradecimiento, abrió el garaje con el mando y accedió al aparcamiento subterráneo.

Una vez dentro, dejó su vehículo en su plaza y se fijó en que había dos luces fundidas. Qué raro, hubiera jurado que cuando se había ido unas horas antes todas funcionaban perfectamente.

De repente, un leve ruido a sus espaldas hizo que se le erizara el vello de la nuca y, en un abrir y cerrar de ojos, sintió unas manos que la empujaban contra un coche.

–Zorra.

A continuación, sintió la palma de la mano en la mejilla y estuvo a punto de perder el equilibrio.

¿Grant?

Nada más verlo, comprendió que había bebido alcohol y consumido drogas. Tal vez, las dos cosas.

«No debo dejar de mirarlo, no debo pensar», se dijo Ilana.

Sentía dolor en la mejilla y en la mandíbula, pero lo ignoró y se quedó mirándolo atentamente para anticiparse a su próximo movimiento. Llevaba un espray de pimienta en el bolso, una alarma personal y botas de tacón, así que iba bien armada.

—¿Por qué demonios no me escuchas cuando te hablo, zorra?

«No pienso contestar», pensó Ilana.

A continuación, detectó el momento en el que iba a volver a golpearla, lo empujó y lo tiró al suelo. Sin pensárselo dos veces, le clavó el tacón, lo que hizo que Grant aullara de dolor y se apartara con la mano herida.

Mientras la insultaba obscenamente, Ilana corrió hacia el ascensor sacando del bolso el espray de pimienta.

Para su suerte, el ascensor estaba allí, así que metió su clave de acceso y las puertas se cerraron.

Hasta que no se vio en su casa, con la puerta cerrada con llave y la alarma conectada, no se permitió reaccionar. Las manos le temblaban y le dolían ciertas partes del cuerpo.

Qué horror.

Tras darse una buena ducha de agua caliente y lavarse el pelo, se puso el camisón, apagó las luces y se sentó frente al televisor con la esperanza de que la película la distrajera.

A la mañana siguiente, le dolía todo el cuerpo.

Tras vestirse y desayunar, bajó en el ascensor hasta el coche. Aunque sabía que era de día, que el aparcamiento estaría bien iluminado y que Grant se habría ido hacía horas, sentía un nudo de nervios en la boca del estómago.

El día se desarrolló con normalidad. Dos veces durante la tarde marcó el número de su madre para decirle que no iba a ir a la fiesta de aquella noche, pero colgó antes de que Liliana contestara.

Lo cierto era que no le apetecía nada ir a una fiesta. Necesitaba estar a solas para intentar comprender por qué Grant había vuelto a aparecer en su vida.

Una cosa era aguantar sus ataques verbales y otra muy diferente su violencia. Recordó que Grant le había advertido que no se acercara a Xandro, pero era imposible porque, cada vez que asistía a un evento social, se lo encontraba. Era prácticamente imposible no verlo. Además, le gustaba estar con él aunque fuera una locura, aunque no lo entendiera.

Maldición. ¿Por qué se le había complicado tanto la vida? Unas semanas atrás todo era normal, salía con unas cuantas amigas y acompañaba a su madre a todo tipo de eventos sociales.

Ahora todo había cambiado y no se podía decir que hubiera sido para mejor.

Disponía de media hora para ducharse, arreglarse el pelo, camuflar con cuidado un moratón y elegir la ropa que se iba a poner, pues había quedado con su madre en el vestíbulo.

Eligió un vestido de mangas tres cuartos de encaje negro que se ajustaba a sus curvas, lo combinó con unos tacones altos negros y se recogió el pelo en un moño sencillo.

Cuando bajó, encontró el Lexus de su madre aparcado en la puerta de su edificio, avanzó hacia él, besó a Liliana y consiguió mantener una conversación amena hasta que llegaron a Rose Bay.

Al llegar a la mansión de la persona que daba la fiesta, vio a Xandro conversando con otro invitado. Como si hubiera presentido su aparición, levantó la mirada y sus ojos se encontraron.

Ilana aceptó una copa de champán para ver si se le aplacaban los nervios. Había decidido quedarse una hora y luego irse con la excusa de que le dolía la cabeza.

Su madre lo entendería.

Mientras tanto, tenía que hablar con los asistentes y hacer ver que se lo estaba pasando bien, lo que no le resultaba fácil pues le dolía el rostro, le dolía sonreír y para hablar tenía que utilizar muchos músculos que también sentía doloridos.

La falta de sueño, la exagerada dosis de analgésicos y un duro día de trabajo además del ataque de la noche anterior... Ilana se dio cuenta de que el champán no le iba nada bien, así que pidió agua.

—Hola, Ilana.

Al oír la voz de Xandro, Ilana sintió que se le

aceleraba el pulso, sonrió y se giró hacia él, hacia aquel hombre cuya presencia física tenía el poder de ponerla realmente nerviosa. Xandro entrecerró los ojos al darse cuenta de que Ilana estaba pálida y de que se había maquillado más que en otras ocasiones.

–¿Estás bien? –le preguntó.

–Sí –contestó ella.

–¿Qué ha pasado? –insistió Xandro.

–No quiero jugar contigo –contestó Ilana.

–¿Te crees que lo que hay entre nosotros es un juego?

–No hay lugar para mí en tu vida personal.

–Te equivocas, claro que lo hay –le aseguró Xandro, tomándola de la mano y entrelazando sus dedos.

Ilana sintió que el pulso se le aceleraba, pero, aun así, decidió que era mejor retirar la mano. Sin embargo, Xandro debía de tener otra forma de ver las cosas y no se lo permitió.

–Por favor, no me hagas esto –le pidió Ilana con lágrimas en los ojos.

–Has vuelto a recibir amenazas de tu exprometido.

No había sido una pregunta, sino una observación afirmativa. Ilana no contestó.

–¿Me lo quieres contar?

–No.

–No tienes por qué pasar por esto tú sola.

–Si pido ayuda a alguien, lo único que voy a conseguir es empeorar la situación, créeme –contestó Ilana.

El dolor de cabeza que llevaba todo el día amenazando con explotar había llegado a su punto más alto e Ilana buscó con la mirada a su madre para decirle que se iba a casa. Cuando la vio, avanzó hacia ella sin darse cuenta de que Xandro la seguía. Cuando le dijo a Liliana que se iba a casa en taxi, Xandro se ofreció a llevarla y, por supuesto, su madre le dio las gracias encantada.

Ilana no tenía opción, así que asintió y salió de la casa en compañía de Xandro, pero, nada más llegar a la calle, sacó su teléfono móvil del bolso y marcó un número.

—¿Qué haces? —se extrañó Xandro.

—Estoy llamando a un taxi.

—No, de eso nada.

—Déjame en paz.

Xandro la miró muy serio e Ilana sintió que el mundo se evaporaba y que el aire se electrificaba entre ellos dos. El corazón le latía a toda velocidad y, a cámara lenta, vio cómo Xandro se inclinaba sobre ella y la besaba. Al instante, sintió que ya no estaba enfadada. Aunque le seguían doliendo los músculos faciales, besar a aquel hombre era una bendición. Solo existía él, su fuerza, su boca, su lengua y sus promesas silenciosas.

—Vamos, sube al coche —le dijo Xandro.

—No, prefiero llamar a un taxi —insistió Ilana.

—Venga, Ilana, te aseguro que no tienes nada que temer —insistió Xandro como si supiera que...

Pero era imposible. La única persona que lo sabía era Liliana. Ilana terminó accediendo y montándose en el coche de Xandro. Mientras

Xandro conducía, Ilana se dio cuenta de que le temblaban los labios. Tenía el sabor de Xandro en la boca. Le dolía la mandíbula y el pómulo y por alguna extraña razón el sentirse tan frágil le daba ganas de llorar, pero no se lo permitió pues sería una gran humillación llorar delante de Xandro.

Así que Ilana se obligó a pensar en cielos despejados, días de sol, flores de muchos colores, gatitos jugando en la hierba. Aquello combinado con las luces de todos los colores, las señales de tráfico y todo lo demás que había en la calle consiguieron que el trayecto no se hiciera demasiado largo.

Xandro no intentó iniciar ninguna conversación, lo que Ilana le agradeció sinceramente. Al llegar a su casa, paró el coche ante la puerta principal, Ilana se soltó el cinturón de seguridad, abrió la puerta a toda velocidad y comenzó a caminar hacia el vestíbulo del edificio.

–Te acompaño –anunció Xandro, caminando a su lado.

–No –contestó Ilana.

Lo único que quería era llegar a su casa, sola, y sentirse a salvo. Ilana marcó el código de seguridad de la puerta principal y entró a toda velocidad, pero Xandro fue muy rápido también y la siguió. El ascensor funcionaba con una llave de seguridad e Ilana no estaba dispuesta a meterse hasta que Xandro se hubiera ido.

Pero Xandro alargó el brazo y le acarició la mejilla, dándose cuenta de que estaba llorando. Aquella lágrima lo conmovió sobremanera.

–Por favor, vete –le pidió Ilana.

Xandro se quedó pensativo.

–Cuando llegue el ascensor, te dejo dentro y me voy.

Ilana dudó, pues no sabía si Xandro cumpliría su promesa, pero terminó llamando al ascensor. Segundos después, las puertas se abrieron, Ilana se metió dentro del habitáculo, se despidió de Xandro y subió a su casa.

La mirada de miedo que había visto en sus ojos un instante antes de que las puertas se cerraran acompañó a Xandro mientras salía del edificio y conducía su coche hasta Vaucluse.

Ilana echó la triple cerradura y pasó el cerrojo, cruzó el espacioso salón en dirección a la cocina, se preparó una taza de té y se tomó unos cuantos analgésicos antes de ponerse el camisón. A continuación, se lavó la cara y descubrió con horror que se le estaba amoratando el pómulo. También tenía marcas en la parte superior de los brazos, así que se puso la bata y se dirigió al salón con la taza de té a ver la televisión un rato.

Estaba haciendo zaping cuando se fijó en que había un papel en el vestíbulo. ¿Un sobre? Ilana cruzó el salón, vio que en el sobre estaba escrito su nombre y lo abrió mientras se preguntaba por qué se lo habrían metido por debajo de la puerta cuando lo normal era que se lo hubieran dejado en su buzón individual.

El sobre solo contenía una hoja doblada. Ilana la desdobló y vio que solo tenía tres palabras escritas.

«Deshazte de él».

No había firma, pero estaba claro que se trataba de Grant. Ilana sintió un escalofrío por toda la columna vertebral. Aquel edificio tenía fuertes medidas de seguridad. Esa había sido precisamente la principal razón por la que se había comprado allí la casa. El hecho de que Grant hubiera conseguido entrar le preocupaba.

Llevaba dos años sin salir con nadie y, en cualquier caso, tampoco era que estuviera saliendo con Xandro Caramanis, ¿no? Sí, era cierto que había cenado con él, que se habían encontrado en dos o tres actos sociales y que la había llevado en coche a casa, pero era normal porque se conocían y formaban parte del mismo círculo de amistades, nada más.

¿Cómo que nada más? Había mucho más y lo peor era que Ilana deseaba que todavía hubiera más. ¿Sería capaz de olvidarse de las amenazas de Grant y aceptar lo que Xandro le ofrecía?

Hiciera lo que hiciera iba a terminar con el corazón roto.

Tras asegurarse de que la puerta estaba bien cerrada, Ilana tiró el té por el fregadero y se fue a la cama. Dejando la luz encendida, intentó dormir y, aunque no le resultó fácil conciliar el sueño, consiguió finalmente dormir algo, pero se despertó dos veces con una pesadilla terrible y tuvo que volverse a poner a leer de nuevo.

Cuando se iba a quedar dormida, se dio cuenta de que estaba pensando en Xandro Caramanis.

Capítulo 6

ILANA se despertó temprano, se preparó una infusión y se sentó cómodamente en una butaca cerca del ventanal que daba a la terraza desde la que se veía la bahía.

Hacía un precioso día de principios de verano, el sol brillaba con fuerza y reflejaba en la superficie del océano. Los más madrugadores ya estaban en la playa. A Ilana le encantaba aquella vista siempre cambiante que había desde su casa.

Media hora después, se había cambiado de ropa e iba andando hacia el trabajo. Diseñar un vestido para reemplazar al rojo no iba resultar fácil porque iba a tener que ser mejor que el anterior, que había ganado el premio del Certamen de la Moda.

Ilana estuvo trabajando toda la mañana, descartando ideas y al mediodía le pareció que tenía algo que le gustaba, así que se permitió irse a comprar un sándwich vegetal para comer.

Nada más poner un pie en la calle, tuvo la sensación de que alguien la observaba. Al instante, pensó en Grant y se estremeció de miedo. Aun así, siguió andando sin mirar atrás, como si nada la hubiera perturbado.

No se volvió a sentir bien hasta que no hubo vuelto al taller, pero la tarde no se dio bien, pues una costurera se puso enferma y una máquina se averió.

Para cuando llegó la hora de irse a casa, Ilana estaba cansada y nerviosa. Cada vez que sonaba el teléfono, se le hacía un nudo en la boca del estómago y le pedía a Micky que contestara, pero no fueron más que llamadas de negocios y Liliana.

Lo único que quería era irse a casa, darse un buen baño de espuma y descansar, pero, gracias a Xandro Caramanis, los medios de comunicación se habían fijado en ella y Grant la acechaba.

«Te estoy vigilando».

¿La habría estado esperando en la puerta de su casa aquella mañana? ¿La habría seguido hasta el trabajo? ¿La estaría esperando sentado en su coche a que saliera y cerrara el taller?

La idea de que estuviera planeando otro ataque era insoportable. Podría haberse quedado en el taller, pues tenía muchas cosas que hacer, pero prefirió salir con Micky y con las dos ayudantes.

Al hacerlo, vio un Bentley plateado apartado frente al taller y a Xandro apoyado en la puerta del copiloto.

–Hola –la saludó, haciendo que Ilana se pusiera todavía más nerviosa.

Aquel hombre siempre llevaba unos trajes impecables que resaltaban su cuerpo y su masculinidad y… aquella boca de pecado que besaba con sensualidad y le enviaba a una a la estratosfera…

Durante unos breves minutos, Ilana se olvidó de quién era y de dónde estaba y se encontró transportada a un lugar donde no existía el miedo ni la inseguridad, solo la promesa de la pasión y el hombre que se la podía dar si ella se atrevía a dejarlo hacer.

Ilana se dio cuenta de repente de que Micky y las chicas se habían ido.

—Hola —contestó, intentando sonar serena.

Xandro, que parecía relajado pero alerta al mismo tiempo, se acercó a ella aunque Ilana hubiera preferido que no lo hiciera porque la alteraba y, en aquellos momentos, ya se sentía suficientemente alterada preguntándose si Grant estaría en uno de los coches aparcados, observándolos...

—Había pensado que, quizás, te apeteciera salir a cenar.

—Tengo otros planes —contestó Ilana—. Gracias, pero...

Xandro la miró intensamente y se fijó en que estaba pálida y tenía ojeras.

—¿Gracias, pero?

—Xandro...

—Dame ese gusto.

—No puedo —contestó Ilana apartándose un mechón de pelo de la cara.

—¿Te tienes que ir a lavar el pelo? —le preguntó Xandro en tono divertido—. ¿O es que tienes que limpiar la casa y escribirle a tu tía Sally?

—No tengo ninguna tía que se llame Sally.

—¿Eso es bueno?

—Ni bueno ni malo, no digas tonterías.

–Solo será media hora –insistió Xandro.

Ilana era consciente de que debería decir que no porque, si Grant los estuviera observando y la viera irse sola, a ella por un lado y a Xandro por el otro, creería que había ganado.

¿Y qué? ¿Dejaría entonces de agobiarla? No, claro que no. Lo que tenía que hacer era ir a denunciarlo a la policía. Claro que lo único que le dirían sería que pidiera una orden de alejamiento y que interpusiera una demanda si Grant se acercaba.

Maldición. Lo cierto era que tenía hambre y media hora no era mucho tiempo, así que seguro que no pasaba nada.

–Está bien –accedió.

Así fue cómo avanzaron por Campbell Parade, eligieron una cafetería que a los dos les gustó, se sentaron dentro y pidieron la cena.

–¿Qué tal te ha ido el día? –le preguntó Xandro.

–No muy bien –contestó Ilana mientras observaba cómo Xandro echaba azúcar en el café.

Aquel hombre tenía unas manos preciosas, unas manos de las que había disfrutado cuando le habían acariciado la nuca y el rostro.

Stop.

Recordar sus caricias la volvía loca, así que Ilana probó el café para ganar tiempo y lo observó por encima del borde de la taza.

A Xandro se le daba muy bien actuar con aquella apariencia enigmática. Demasiado bien, pues todo el mundo sabía que bajo aquella fachada de persona relajada había una mente muy astuta.

–Una de las chicas se ha puesto enferma y una máquina se ha estropeado –le explicó Ilana encogiéndose de hombros–. Muchas cosas que hacer y poco tiempo, lo de siempre –añadió, decidiendo que era mejor que la conversación no se pusiera demasiado seria–. ¿Y tú?

–lo de siempre también, una reunión importante y algunas llamadas...

Nada que no pudiera hacer con una mano a la espalda. El camarero les llevó el *risotto* de setas, espinacas y piñones con queso parmesano que habían pedido.

El arroz resultó estar delicioso e Ilana comió encantada, fijándose en Xandro y en lo guapo que era. Tenerlo tan cerca era realmente insoportable y fue todo un alivio cuando terminó de cenar y pidió otro café con la esperanza de poder irse después de haber pagado su parte.

Pero las cosas no salieron así, pues Xandro insistió en que la idea de invitarla a cenar había sido suya y pagó el, así que Ilana le dio las gracias y, cuando salieron a la acera, anunció que tenía mucho trabajo y que tenía que irse a casa. Podría haberse ido inmediatamente y Xandro no se lo habría impedido, pero, por alguna extraña razón, sus pies no obedecieron a su cerebro.

–Te llevo en coche –se ofreció Xandro.

–No hace falta, vivo a un par de manzanas de aquí.

–Voy precisamente en esa dirección –insistió Xandro, sonriéndole divertido.

–¿Siempre eres así de…?

–¿Insistente? Sí, cuando quiero algo, voy a por ello.

–Para que lo sepas, no me gustan nada los hombres que siempre hacen lo que ellos quieren.

–¿Quieres que nos quedemos aquí discutiendo?

–¿Y si te dijera que lo que quiero en realidad es no volverte a ver?

–Sabría que estás mintiendo.

Aquellas palabras hicieron que Ilana se quedara sin respiración y se sintiera vulnerable, emocionalmente desnuda ante un hombre que, por lo visto, la conocía demasiado bien.

–Pierdes el tiempo –le advirtió Ilana, comenzando a alejarse, pero Xandro la agarró de la mano y la condujo hacia su coche.

Ilana dejó que le abriera la puerta del copiloto, se introdujo en el vehículo y se abrochó el cinturón de seguridad, pensando que en unos cuantos minutos estaría sana y salva en casa.

El trayecto discurrió en silencio y, al llegar a casa, ya con la llave de seguridad en la mano, Ilana se dispuso a salir del coche.

–¿No se te olvida algo? –le dijo Xandro.

Ilana se giró hacia él y Xandro se acercó y la besó.

Oh, aquello no podía ser. Ilana no quería sentir lo que estaba sintiendo, el deseo, la necesidad, la incapacidad de confiar y el miedo, el miedo de dejar que un hombre, especialmente aquel hombre, tirara abajo las barreras que había puesto para protegerse el corazón.

Cuando Xandro le puso una mano sobre el brazo, Ilana no pudo evitar que se le escapara una exclamación de dolor.

–¿Qué te pasa? –se extrañó Xandro.

–Nada –mintió Ilana–. Es que tengo un moratón.

Xandro le levantó la manga y, aunque su expresión facial no cambió, Ilana fuera consciente de lo que estaba viendo. Cinco dedos perfectamente marcados sobre su piel. Xandro la miró a los ojos y le acarició la mejilla.

–¿Quién te ha hecho esto?

Ilana no contestó.

–¿Tu exprometido? –insistió Xandro.

–No tienes derecho a interrogarme –contestó Ilana, abriendo la puerta y saliendo del coche.

Una vez en la acera, sintió un gran alivio de haberse librado de Xandro, alivio que no le duró mucho porque Xandro se bajó del coche y se acercó a ella de nuevo. Ilana se giró y se quedó mirándolo muy seria.

–No –le dijo simplemente.

No me toques, no me sigas. Aquel era el mensaje. Xandro enarcó una ceja y la miró a los ojos.

–Creo que sería más fácil que me contaras qué ha sucedido.

Era imposible que Xandro lo supiera porque nadie lo sabía y darle pruebas sería una locura.

–No, no sería más fácil –contestó Ilana.

Xandro se quedó mirándola en silencio y se dio cuenta de la ansiedad que la embargaba por dentro.

–Lo que tú prefieras.

¿Por qué, de repente, Ilana se sentía tan nerviosa? Aquello no tenía sentido. Tenía que desearle buenas noches e irse y eso fue exactamente lo que hizo. Xandro no se lo impidió, que era lo que ella había esperado.

Una vez en casa, Ilana decidió hacer algo que mantuviera su mente ocupada. Tras ponerse el camisón y quitarse el maquillaje, se cepilló el pelo, encendió el ordenador y se concentró en las prendas en las que estaba trabajando para la próxima colección de invierno.

A continuación, le mandó un correo electrónico a su madre contándole lo que había hecho aquel día, una costumbre que ambas habían iniciado tras la muerte de su padre y que, aunque se suponía iba a ser temporal, les había gustado y seguían manteniendo.

A las once de la noche, Ilana apagó las luces y se metió en la cama. Estaba tan cansada que, nada más apoyar la cabeza sobre la almohada, se quedó dormida.

El día amaneció como cualquier otro e Ilana se encontró tan ocupada que, para cuando Micky y las ayudantes anunciaron que se iban, todavía le faltaba darle los últimos retoques al nuevo vestido de fiesta, así que decidió quedarse un ratito más.

Hacía una tarde preciosa. Mientras Ilana cerraba el taller, el sol se ponía en el horizonte del océano. Se había quedado más tiempo del que había previsto, pero se sentía satisfecha porque había adelantado mucho trabajo y sabía que el nuevo vestido le hacía sombra al rojo que Danika se había apropiado.

Ilana sonrió encantada y elevó el puño al cielo en señal de júbilo. A continuación, llamó a Micky para contárselo y decidió tomarse un café mirando el mar para celebrarlo.

Cuando estaba a punto de abandonar la cafetería que había elegido, tuvo la extraña sensación de que alguien estaba observándola y un escalofrío recorrió su espalda. Todavía no era de noche, así que no tenía que tener miedo y, además, vivía cerca. En aquel momento, sonó su teléfono móvil y contestó sin pensar.

—Hola, zorra.

Ilana estaba harta de aquello, así que no colgó.

—¿Te da miedo dar la cara?

—¿Cómo te sientes sabiendo que te estoy vigilando?

—Deberías comenzar a vivir tu vida porque estás enfermo.

—Me lo estoy pasando en grande.

Ilana colgó y, apenas le había dado tiempo de respirar un par de veces cuando le llegó un mensaje de texto lo suficientemente explícito como para saber, sin ningún género de dudas, de quién era.

Esperó diez minutos para levantarse e irse pues no quería darle a Grant la satisfacción de ver cómo le había estropeado el momento.

Cuando transcurrió aquel tiempo, Ilana se puso en pie diciéndose que no iba a pasar nada, que había gente por todas partes y que, además, tenía una alarma personal con un ruido tan estridente, que era capaz de despertar a los muertos.

Una vez en la acera, se apartó el pelo de la cara, pues hacía viento y, en aquel momento, escuchó un ruido a sus espaldas. Al girarse, vio que un hombre estaba intentando reducir a Grant, que consiguió zafarse de él y cruzar la calle a toda velocidad.

—¿Quién demonios es usted? —le preguntó Ilana al hombre.

—Me llamo Benjamin Jackson y me ha contratado el señor Xandro Caramanis para que la proteja. Soy guardaespaldas —le explicó el desconocido.

—Así que tendría que darte las gracias.

—Solo hago mi trabajo.

—Me lo tendrías que haber dicho antes, Benjamin.

—Debo ser discreto.

—Ya, pero asustarme no es sinónimo de discreción —le dijo Ilana muy enfadada.

—Perdón —se disculpó el guardaespaldas—. La acompaño a casa andando —se ofreció.

—No voy a casa.

—En ese caso, la acompaño al coche.

Y así lo hizo.

Ilana se montó en su coche y condujo unas cuantas manzanas. A continuación, paró el vehículo y llamó a su madre para pedirle la dirección de Xandro. Cinco minutos después, estaba conduciendo hacia casa de Xandro.

Estaba realmente enfadada y no creía que fuera a ser capaz de mantener la conversación en un tono civilizado.

Al llegar al número de la calle que su madre le había indicado, se bajó del coche y se identificó a través de un sofisticado sistema de seguridad. Se trataba de una casa de dos plantas rodeada de unos jardines maravillosos. La verja se abrió al cabo de unos segundos e Ilana avanzó hacia la entrada principal. Le abrió la puerta Xandro en persona, que no parecía en absoluto sorprendido, lo que hizo que Ilana se enfadara todavía más.

—¿Cómo te atreves?

Xandro enarcó una ceja y se hizo a un lado para invitarla a pasar.

—Si no te importa, preferiría que no mantuviéramos esta conversación en la puerta de casa.

Ilana lo fulminó con la mirada y entró. Odiaba su indolencia, lo odiaba todo en él.

La puerta se cerró e Ilana se giró hacia Xandro.

—¿Quién demonios te ha dado permiso para meterte en mi vida?

—¿Qué pasa con el hola? —contestó Xandro, indicándole una estancia situada a la derecha.

—Has contratado a un guardaespaldas —le espetó Ilana—. ¿Por qué?

—Pasa, te serviré una copa y hablaremos.

—Esta visita no es una visita de cortesía —le dijo Ilana, intentando calmarse.

–Ya lo veo.

–¡Por lo menos, me lo podrías haber dicho!

–No, porque sabía cuál iba a ser tu reacción.

–¡Me ha dado un susto de muerte!

–¿Grant Baxter?

–¿Te creías que...? ¿Quién?

–Ya me has oído.

Ilana palideció. ¿Cómo era posible que lo supiera? Claro que, ¿cómo no lo iba saber? Para un hombre como Xandro Caramanis era muy fácil desenterrar la información que necesitaba. Le habría bastado con hacer un par de llamadas para dar con su historial médico en el que quedaba constancia del ingreso en el hospital privado al que su madre la había llevado cuando el día antes de su boda Grant la había maltratado. Por supuesto, también había un informe policial, aunque Ilana había elegido no presentar demanda por vía penal.

Toda aquella información existía y, aunque no estaba al acceso de cualquiera, tampoco era difícil obtenerla si uno tenía los contactos adecuados.

–Podría llevarte a juicio por entrometerte en mi vida privada –le advirtió Ilana.

–Haz lo que quieras –contestó Xandro, encogiéndose de hombros.

Sin pensar lo que hacía, Ilana alargó el brazo y le dio un bofetón.

–¡Maldita sea! –gritó apretando los puños y golpeándolo allí donde pudo.

En el pecho, en el hombro, en el brazo. Xandro ni se movió, la dejó hacer durante unos se-

gundos. A continuación, la agarró de las muñecas.

—¡Suéltame! —protestó Ilana.

—Ya basta, para, te vas a hacer daño —contestó
Xandro.

Ilana estaba muy enfadada... con Grant, con
Xandro y, sobre todo, con aquella situación. No
quería vivir así, siempre alerta, sabiendo que podía pasar cualquier cosa...

—¿Por qué? —le preguntó más calmada.

—Porque necesitabas ayuda —contestó Xandro.

—¿Así de simple?

—Sí.

Ilana tomó aire y suspiró.

—Dile a tu guardaespaldas que me deje en paz.

—Difícil.

—¿Cómo? No tienes más que llamarlo por teléfono y ya está.

—No.

Ilana lo miró con los ojos encendidos como
esmeraldas.

—No lo entiendes.

Xandro recordó la sensación que se había apo-
derado de él mientras leía el informe en el que se
describían las lesiones que Ilana había sufrido.

—El guardaespaldas va a seguir protegiéndote
y yo, también.

Ilana cerró los ojos.

—No, no puedes hacer esto —le dijo.

Xandro se moría por tomarla entre sus brazos
para asegurarle que todo iba a ir bien.

—Claro que puedo.

—No quiero a ningún hombre en mi vida.

—Pues lo siento mucho porque así están las cosas —contestó Xandro.

Ilana tomó aire, apretó los dientes e intentó controlarse.

—Me voy —anunció muy seria.

—¿Quieres que salgamos a cenar?

Ilana lo miró con incredulidad.

—¿Estás loco?

—No, tengo hambre.

—No —contestó Ilana.

Lo único que quería era salir de aquella casa, distanciarse de aquel hombre que la desasosegaba tanto.

—Una buena comida, una copa de vino... —insistió Xandro, encogiéndose de hombros.

¿Una cena para dos, conversación, fingir que todo iba bien y que solo eran amigos?

—No —contestó Ilana, abriendo la puerta y saliendo de la casa.

Como final a una escena de una película le había quedado bien, pero, a medida que se acercaba con el coche a su casa, se iba poniendo cada vez más nerviosa.

Ilana llegó a casa mirando por el retrovisor, pero había mucho tráfico y era difícil saber si alguien la seguía. Pasó un mal momento mientras metía el coche en el garaje y cruzaba hacia el ascensor, pero, por fin, con el espray de pimienta en la mano, consiguió llegar a su piso sana y salva.

Capítulo 7

AL día siguiente, todo transcurrió con relativa normalidad entre preparativos para el desfile de modelos previsto para el mes siguiente, una llamada de una revista de tirada nacional que quería hacerles un reportaje, estudiar la moda de las pasarelas de Londres y de Milán y buscar telas para la próxima colección de invierno.

Aquel día no hubo llamadas de Grant e Ilana se preguntó si el episodio con el guardaespaldas contratado por Xandro lo habría asustado o estaría esperando el momento adecuado.

Xandro la llamó dos veces. En la primera ocasión, Ilana se negó a ponerse al teléfono y en la segunda declinó la invitación que le hizo.

Ignorarlo no le sirvió de nada.

Aquella noche iba a acudir en compañía de su madre a una fiesta que daba una de las mejores amigas de Liliana.

Todo el mundo esperaba que llevara algo espectacular e Ilana no defraudó. Eligió un conjunto en color lila pálido compuesto por falda y cuerpo, tacones altos a juego y el pelo recogido alto, lo que hizo que la gente la mirara con admiración.

Ilana estaba segura de que Xandro estaría entre los invitados y se encontró buscándolo mientras conversaba aquí y allá con el resto de los congregados en aquella velada que estaba teniendo lugar en Point Piper.

Ilana se dijo que se lo estaba pasando bien y casi lo consiguió hasta que vio entrar a Danika muy bien peinada, maquillada por un profesional, con estupendos diamantes en las orejas y en el cuello y llevando el vestido rojo.

Ilana apretó los dientes, pero se dijo que lo cierto era que la modelo hacía justicia al vestido y que ese era, al fin y al cabo, el objetivo de una diseñadora, que prenda y mujer se fusionaran.

De repente, al girarse, se encontró con Xandro, que la miró de manera enigmática y sonrió. Al instante, Ilana sintió que un intenso calor se apoderaba de ella. No le gustaba nada que su cuerpo actuara por un lado y su mente por el otro.

A Ilana le gustaba tenerlo todo controlado y no le apetecía nada vivir aquella situación. Sobre todo, porque su instinto de supervivencia le indicaba que saliera corriendo de allí.

¿Acaso Grant no le había hecho suficiente daño como para que le quedara claro que no debía acercarse a ningún otro hombre? Todavía estaba pagando el precio de aquello.

¿Por qué volver a vivir lo mismo por elección propia?

Ilana observó fascinada cómo Danika se colocaba al lado de Xandro y lo besaba muy cerca de la boca. Aquello la hizo sentir celos. No estaba preparada para sentirlos y se apresuró a girar la cabeza y a saludar a otro invitado.

Al cabo de un rato, salió a la preciosa terraza desde la que se veía a la bahía iluminada.

«Mágico», pensó.

—Parece ser que tienes la costumbre de no contestar a mis llamadas.

Ilana no se había dado cuenta de que Xandro la había seguido, pero, ahora que le tenía cerca, se le había acelerado el pulso y el calor se había vuelto a apoderar de ella.

Lo tenía demasiado cerca.

—No tenemos nada de lo que hablar —contestó.

—¿Tu exprometido no se ha vuelto a poner en contacto contigo?

Xandro no tenía intención de decirle que había contratado a un segundo guardaespaldas para que vigilara a Grant. La investigación que habían llevado a cabo sobre él había revelado que ya de niño había tenido episodios de comportamiento psicópata que se habían repetido durante la adolescencia y habían desembocado a la edad de diecinueve años en un intento de violación y un despido por acoso sexual a una compañera de trabajo.

—No he recibido llamadas ni mensajes de texto ni nada —contestó Ilana—. ¿No se te ha ocurrido pensar que puede que no quiera hablar contigo ni verte? —añadió cambiando de tema.

Aquello hizo sonreír a Xandro.

—Eres muy diferente.

—¿A quién? ¿A las mujeres que se pegan como una lapa a ti y están pendientes de todas y cada una de tus palabras para asentir y darte la razón en todo y babear cuando las miras?

—Sí.

—Vaya, yo creía que ese tipo de mujeres te encantaba.

Xandro se rio a gusto.

—Tal vez me tendría que buscar una esposa para que me protegiera.

—¿De verdad?

—Sí, sería una vida muy sencilla —contestó Xandro en tono divertido.

—No te veo en el papel de marido —bromeó Ilana.

—¿Tanto te cuesta creer que quiera tener hijos?

—¿Para continuar la dinastía Caramanis?

—La mujer que se convirtiera en mi esposa tendría muchas ventajas.

Ilana no quería ni imaginarse cuáles podían ser aquellas ventajas. No quería ni plantearse que una de ellas fuera el poder disfrutar del cuerpo de aquel hombre.

La perspectiva se le hacía tan insoportable, que intentó esquivarlo para alejarse, pero Xandro se inclinó sobre ella, le tomó el mentón con una mano y la besó, dejándola sin respiración.

De manera sensual, Xandro exploró su boca y comenzó a jugar con su lengua, invitándola a bailar una danza ancestral que prometía mucho. Cuando deslizó una mano hacia su nuca, Ilana comenzó a responder. Al cabo de un rato, perdió el sentido del tiempo y del espacio, solo existía el hombre y el efecto que tenía en su cuerpo y en su alma.

Aquello era muy diferente a lo que había experimentado en otras ocasiones. Ilana se sintió transportada a un lugar que jamás antes había visitado.

Como si se diera cuenta, Xandro la llevó todavía más alto, inflamando sus emociones hasta que Ilana sintió que iba estallar en mil pedazos. Estaba perdida, completamente entregada a él hasta tal punto que, cuando Xandro comenzó a apartarse, emitió un gemido de protesta.

A continuación, se quedó mirándolo mientras intentaba recuperar la compostura. Mientras tanto, Xandro la miró a los ojos muy serio y le acarició el labio inferior con la yema del dedo pulgar.

Ilana se dio cuenta de que estaba completamente afectada.

Aquello no había sido un beso.

Había sido una posesión.

¿Y qué llegaría luego?

Nada, absolutamente nada.

Xandro se dio cuenta de que Ilana estaba sorprendida y se sentía vulnerable, observó cómo se pasaba la lengua por el interior de la boca. Era evidente que quería más.

—¿Tan difícil te resultaría? —le preguntó.

Ilana se quedó mirándolo estupefacta.

—Me refiero a que si te resultaría muy difícil ser mi esposa —le explicó Xandro.

—No bromees con esas cosas —contestó Ilana.

—No estoy bromeando —le aseguró Xandro.

—Me gusta la vida que llevo.

—La seguirías llevando. Tú tienes tu trabajo y yo tengo el mío.

—¿Estás diciendo que me propones un matrimonio de conveniencia?

—¿Te supondría un problema?

Aquello estaba yendo demasiado lejos.

—¿Por eso me has besado de esta manera? —le espetó—. ¿Y ahora qué? ¿Te vas a querer acostar conmigo para ver si somos compatibles? —se burló—. Si esto es una propuesta de matrimonio, qué asco...

Dicho aquello, se giró y volvió a entrar en la fiesta, aceptó una copa de champán, pero terminó dejándola olvidada en algún lugar, pues no le apetecía beber alcohol, buscó a su madre, le dijo que se iba y se despidió de los anfitriones.

No había hecho más que salir de la casa cuando Xandro se reunió con ella.

—Te acompaño a casa.

—No digas tonterías —contestó Ilana.

—No es negociable. Te sigo.

A Ilana se le pasó por la cabeza discutir con Xandro, pero se dijo que no serviría de nada, así que llegó a su coche, desconectó la alarma, se puso al volante y comenzó a conducir.

La tentación de quitárselo de encima fue demasiado grande como para no caer en ella, así que Ilana buscó un atajo callejeando.

Estaba a menos de un kilómetro de su casa

cuando otro coche chocó contra ella y la envió contra el bordillo. Ilana pisó el pedal del freno con todas sus fuerzas, sintió el impacto, oyó el metal y sintió que el airbag se hinchaba mientras el coche se paraba.

El susto la dejó inmóvil durante varios segundos y, luego, oyó voces masculinas. A continuación, alguien abrió la puerta del copiloto, le desabrochó el cinturón de seguridad y luego todo sucedió muy deprisa.

Allí estaba Xandro, agarrándola firmemente de la mano y haciendo llamadas desde su teléfono móvil. En un abrir y cerrar de ojos, Ilana comenzó a escuchar sirenas… llegó una ambulancia y un coche patrulla de la policía.

—No necesito una ambulancia —protestó.

Pero su protesta cayó en oídos sordos, la pusieron en una camilla y la llevaron al hospital más cercano.

Recordaba haberle asegurado a alguien que estaba bien. Después, todo se hizo surrealista. Preguntas, urgencias, examen médico, radiografías. Xandro estaba a su lado.

—Estoy bien —le aseguró.

No tenía ninguna fractura, solo golpes, el susto y la recomendación de que se quedara ingresada una noche en observación como medida preventiva.

—Preferiría irme a casa.

—Yo creo que sería mejor que te quedaras aquí —le dijo Xandro, que había colocado a un guardaespaldas en la puerta—. ¿Quieres que avise a tu madre?

–No, por favor, no la llames. Tiene que tomar mañana un avión a primera hora de la mañana para ir a ver a su hermana a Melbourne –contestó Ilana–. Ya se lo contaré cuando vuelva.

–No sé si va a poder ser.

Ilana palideció al comprender.

–¿Han hecho fotografías?

–Sí.

–Maldición.

Ilana cerró los ojos y Xandro la besó en la boca.

–Intenta dormir un poco.

Aquello era lo último que Ilana recordaba. Cuando se despertó a mañana siguiente, las enfermeras estaban haciendo sus turnos y Xandro estaba sentado en una silla junto a su cama.

Ilana recordó lo que había sucedido la noche anterior y estiró el cuerpo para ver dónde le dolía. Lo único que tenía un poco peor era la zona en la que se le había clavado el cinturón de seguridad y el hombro. Por lo demás, se encontraba bien.

–¿Qué tal estás?

Ilana se giró hacia Xandro y dijo lo primero que se le pasó por la cabeza.

–Todavía estás aquí.

–¿Te creías que me iba a ir?

Xandro había revivido varias veces el momento del impacto, la urgencia que había sentido de sacar a Ilana del coche para alejarla del peligro y la sospecha de que aquello no había sido un accidente.

–Me voy a vestir y me voy –anunció Ilana.

–Después de desayunar y cuando el médico te haya dado el alta.

–Me he quedado a dormir por consejo médico, pero ahora me quiero ir –le advirtió Ilana–. Pídeme un taxi, por favor.

–No, te llevo yo.

–Me las puedo arreglar sola.

–Pero no lo vas a hacer.

Ilana lo miró desafiante, pero no volvió a abrir la boca hasta que Xandro no paró el coche frente a su casa.

–No hace falta que...

–Protestar no te va a servir de nada –la interrumpió Xandro bajándose del coche, rodeándolo y abriéndole la puerta.

Ilana decidió que lo mejor era capitular, así que salió también del coche, dejó que Xandro la acompañara hasta su casa y, una vez allí, se giró hacia él.

–Gracias le dijo.

–Haz las maletas.

–¿Perdona?

–Ya me has oído. Mete en una bolsa de viaje lo que necesites para unos cuantos días. No te vas a quedar aquí sola –dijo Xandro en un tono que no admitía negociación.

–No –contestó Ilana.

Xandro se metió las manos en los bolsillos de los pantalones y se quedó mirándola.

–Anoche alguien quiso darte un buen susto –le recordó mirándola a los ojos–. Estarás más segura en mi casa que aquí.

–¿Y lo que yo quiera no cuenta?

–Ahora mismo, no. ¿Haces tú la bolsa o te la tengo que preparar y yo?

–¡Eres el hombre más insoportable que he conocido en mi vida! –exclamó Ilana.

No le apetecía discutir y sabía que tenía todas las de perder, así que decidió que, por lo menos, elegiría ella la ropa que se quería llevar. Metió unas cuantas prendas esenciales en una bolsa de viaje, cerró la cremallera, recogió su ordenador portátil y su agenda y se giró hacia Xandro.

–¿Satisfecho?

–Por ahora.

Cuando llegaron a casa de Xandro, Ilana se dio cuenta de que la primera vez que había ido estaba tan furiosa, que no se había fijado en las espaciosas estancias, en los altísimos techos y en la preciosa escalera curvada que llevaba a la segunda planta.

Ilana siguió a Xandro escaleras arriba hasta una preciosa suite con una cama enorme, vestidor con espejo y una cómoda. Estaba decorada en colores neutros con un toque de color aquí y allá en los cojines y en las cortinas. La suite disponía de un baño propio perfectamente equipado.

–Estoy seguro de que estarás cómoda –dijo Xandro, dejando su bolsa y su ordenador sobre una silla.

–Gracias –contestó Ilana.

–Quiero que bajemos un momento para presentarte a Judith y a John, el matrimonio que se encarga de la casa y del jardín.

Al entrar en la cocina, Ilana vio a una mujer de sonrisa fácil y a un hombre al que inmediatamente reconoció como el guardaespaldas que había asustado a Grant.

–No quiero que bajo ninguna circunstancia vayas a ningún sitio sin Ben o sin mí –le dijo Xandro–. ¿Entendido?

–Señor, sí, señor –se burló Ilana, haciendo un saludo militar.

–No te lo tomes a broma, Ilana –le advirtió Xandro–. Judith, por favor, llévenos una infusión y algo de comer al estudio. Ilana y yo tenemos que hablar de ciertas cosas.

Efectivamente, hablaron del coche, del seguro y de la policía. Por lo visto, iban a tener que ir los dos a la comisaría para firmar las declaraciones.

–Hay una cosa más –le dijo Xandro, entregándole el periódico de la mañana–. Léelo –añadió abriéndolo por una página en concreto.

Ilana se inclinó hacia delante y leyó.

Prometida de multimillonario tiene un accidente de coche.

Ilana palideció.

–¿Prometida? Vas a exigirles que se retracten, por supuesto.

–No inmediatamente.

–¿Cómo que no? –se indignó Ilana.

Xandro se arrellanó en su butaca y la observó en silencio.

–Quieres hacerle creer a Grant que estamos

prometidos para que vuelva a actuar y pillarlo. ¿Es eso?

Podría funcionar. Tal vez. De ser así, Grant sería denunciado, sentenciado, recibiría tratamiento psiquiátrico y no lo volvería a ver.

–Quiero que todo el mundo crea que hemos dado un paso adelante en nuestra relación.

–¿A qué te refieres exactamente?

–Tenemos que seguir adelante con el tema del compromiso. Nadie, ni siquiera tu madre, debe saber que no es cierto. Tu seguridad es lo primero y es más fácil ayudarte si te vienes a vivir aquí.

Ilana lo miró con incredulidad.

–¿Quieres que me venga a vivir aquí contigo?

–¿Te supone un problema?

¿Vivir con él, compartir la vida con Xandro Caramanis? De repente, Ilana sintió el estómago lleno de mariposas.

–No sé si me gusta demasiado la idea –contestó–, pero estoy dispuesta a quedarme un par de días –concedió.

Dos días. Era imposible que pasara algo en dos días. Además, se había llevado el ordenador portátil y la agenda, así que podría trabajar en la suite y bajar solamente para las comidas.

–Muy bien –contestó Xandro–. Vamos a ir a firmar las denuncias a la comisaría de policía para que luego puedas comer y descansar.

Capítulo 8

SUCEDIÓ después de medianoche... un caleidoscopio de imágenes que interrumpieron el apacible sueño de Ilana convirtiéndolo en una pesadilla tan real que la hizo debatirse y luchar para protegerse.

El rostro masculino era el de Grant, sus rasgos estaban contorsionados por la rabia, olía a alcohol y no paraba de insultarla y de pegarla, le había roto la ropa y la había tirado al suelo. Ilana se había golpeado la cabeza y gritó de dolor mientras luchaba desesperadamente.

—Tranquila.

Aquella voz era diferente, Ilana la oía muy lejos, pero sabía que era de una persona que la podía ayudar.

—Ilana.

Las imágenes se evaporaron mientras Ilana se daba cuenta de que estaba en una habitación que no era la suya. No estaba sola. Aquello hizo que se escabullera contra el cabecero de la cama.

De repente, se dio cuenta de que la persona que estaba junto a ella era Xandro y comenzó a relajarse. No había sido más que una pesadilla, pero una pesadilla tan vívida, que había revivido la realidad desde el momento en el que Grant había aparecido en la puerta de su casa el día antes de su boda.

—Estoy bien.

Xandro se mordió la lengua. Era evidente que no era cierto. Se había despertado al oír un grito femenino, se había puesto el primer pantalón que había visto y había salido corriendo. Al entrar en la habitación de Ilana y verla debatiéndose en una pesadilla, había suspirado aliviado aunque le hubiera gustado poder abofetear al hombre que le causaba tanto sufrimiento.

—¿Te sucede a menudo? —le preguntó.

«Calma. Céntrate».

Ilana recuperó el ritmo respiratorio normal, como le habían enseñado a hacer y se forzó a mirar a Xandro a los ojos.

Hasta la noche anterior, había estado bien.

—Normalmente, hay algo que desencadena las pesadillas.

—¿Quieres que hablemos de ello?

—Ya he hablado con terapeutas y lo he intentado todo. Te aseguro que ya no voy llorando por ahí. De momento, he conseguido no ir de víctima por la vida —contestó Ilana.

Se necesitaba tiempo para volver a confiar. Había personas que jamás lo conseguían.

—¿Quieres que te traiga algo para que puedas volver a dormirte?

Ilana no quería dormir porque, a veces, su subconsciente volvía a llevarla exactamente al punto de la pesadilla donde se había despertado.

–Voy a leer un rato –anunció.

Lo cierto era que la presencia de Xandro la excitaba más de lo que quería admitir. Solo llevaba puestos unos vaqueros, no llevaba camisa. Verle el torso desnudo y musculoso era insoportable.

Xandro se fijó en que estaba pálida y le entraron ganas de tumbarse a su lado y de abrazarla asegurándole que su exprometido jamás le volvería a hacer daño.

–Si necesitas algo, ven a buscarme –le dijo sin embargo.

«Ni por asomo», pensó Ilana.

Una vez a solas, encendió el ordenador y le mandó un correo electrónico a su madre. Se leyó de cabo a rabo una revista de moda que llevaba en el bolso y deseó estar en su casa para poder ver la televisión.

Cualquier cosa menos quedarse dormida, pero el sueño la estaba venciendo y, finalmente, no pudo más y se dejó llevar... volviendo a parecer exactamente en el mismo punto de la pesadilla en el que se había despertado.

De repente, se despertó con la respiración entrecortada y se preguntó si habría gritado. Cerró los ojos, los volvió a abrir y se dijo que tenía que hacer algo, así que se levantó de la cama y bajó la cocina para prepararse un té.

Minutos después, el agua ya se había calentado. Ilana se acercó a un armario con puertas de cristal para servirse una taza cuando notó que el vello de la nuca se le ponía de punta.

–¿No podías dormir? –le preguntó Xandro al tiempo que lo veía reflejado en el cristal.

–Perdona por haberte despertado.

En cuanto la alarma había avisado de que había una presencia desconocida en la cocina, Xandro se había levantado y, en aquella ocasión, se había puesto una camiseta.

–¿Quieres una taza de té? –le preguntó Ilana.

Merecía la pena verla con el pelo completamente alborotado a causa de la pesadilla y una camiseta de algodón, pero a Xandro no le hacía ninguna gracia que la misma mujer lo hubiera despertado dos veces en la misma noche. Sobre todo, porque no estaba compartiendo la cama con él ni parecía que quisiera hacerlo.

Cualquier otra mujer se habría puesto lencería exótica, se habría maquillado un poco, se habría soltado el pelo y se habría puesto perfume en puntos concretos.

–Xandro...

¿Té a las cuatro de la madrugada? Bueno, ¿por qué no?

–Sí, solo y con una cucharada de azúcar.

Ilana se lo sirvió y se lo acercó.

–¿Y ahora qué? –le preguntó Xandro, probando el brebaje–. ¿Hablamos de arte o del estado de la nación?

–Prefiero que me hables de tu vida personal –contestó Ilana–. Háblame de tu familia, de lo que te gusta y de lo que no te gusta. Ya que todo el mundo va a creer que nos vamos a casar, debo saber ciertas cosas sobre ti.

Xandro procedió a contarle algunas cosas, pero sin entrar en mucho detalle. Le contó que su padre estaba obsesionado por el trabajo y le habló de sus esposas y de sus amantes.

—Ahora te toca a ti —le dijo mientras Ilana se terminaba el té.

—Ya lo sabes casi todo.

Una infancia feliz, viajes maravillosos el extranjero, un trabajo que le iba muy bien... y un hombre que había dado al traste con su confianza.

—Grant Baxter. ¿Dónde y cómo lo conociste?

—En el veterinario —contestó Ilana a pesar de que no le apetecía nada aquel tema de conversación—. Mi gata se había puesto enferma y su perro había resultado gravemente herido en una pelea y lo tenían que sacrificar —recordó—. Me pareció un hombre atento, educado y simpático y creí que era amor, así que nos comprometimos y comenzamos a preparar la boda —añadió, tragando saliva—. Sus amigos le hicieron una despedida de soltero, se presentó en mi casa completamente borracho de madrugada y se enfadó muchísimo porque no me quisiera acostar con él... mi madre lo canceló todo porque yo se lo pedí —concluyó apesadumbrada.

—Y no interpusiste demanda por vía penal.

Ilana recordó las súplicas de Grant.

—Su madre estaba mal del corazón.

—Por supuesto, seguirá viva —aventuró Xandro.

—¿Cómo lo has adivinado? —sonrió Ilana.

—Y, mientras, su hijo sigue amenazándote si te casas con otro hombre.

–Más o menos.

–¿Eso es todo?

Ilana asintió, se puso en pie y se acercó al fregadero para fregar su taza. Xandro la siguió y, cuando Ilana se giró, le tomó el rostro entre las manos y la besó suavemente.

–Vete a la cama e intenta dormir un poco, ¿de acuerdo?

Ilana asintió y, tras subir juntos la escalera, Xandro enfiló hacia su habitación e Ilana se fue hacia su suite.

Como debía ser.

Entonces, ¿por qué justo antes de quedarse dormida no podía parar de pensar en él?

Ilana se despertó al oír su teléfono móvil.

–¿Estás bien, cariño?

Su madre. ¿Qué hora era? ¿Las nueve?

–Acabo de leer el periódico –le explicó Liliana–. Menos mal que Xandro me ha llamado para explicarme que lo de que te quedaras ingresada en el hospital fue preventivo.

–Mamá, siento mucho no haberte llamado yo –se disculpó Ilana.

–No pasa nada, cariño Xandro me lo ha explicado todo.

¿De verdad?

Lo último que Ilana quería era que su madre se enterara de lo de su compromiso por la prensa.

–Me alegro mucho por ti, hija. Xandro es un hombre maravilloso.

Oh, no. No podía soportar engañar a su madre, así que procuró que la conversación fuera breve. Tras asegurarle que estaba bien, se duchó y se vistió y bajó a la cocina, donde encontró a Xandro sirviéndose un café mientras Judith le servía unos huevos revueltos.

La llamada de su madre no había sido más que la primera de una larga ristra de personas que querían darle la enhorabuena por su compromiso con Xandro.

A mitad de mañana, Ilana se fue a trabajar con el ordenador a la terraza, donde daba el sol. Se estaba tan a gusto allí, que no paró de trabajar hasta pasadas las cinco de la tarde. Para entonces, le dolían la espalda y el hombro, y le molestaba bastante la cabeza, así que decidió darse una buena ducha caliente, lavarse el pelo, vestirse y bajar a la cocina a preparar pan de ajo y ensalada para acompañar a la carne que Xandro quería hacer en la barbacoa.

Estaba saliendo del baño cuando oyó que sonaba el teléfono. Descolgó y nadie contestó. Silencio y respiraciones entrecortadas, jadeos.

Ilana sintió que el estómago se le cerraba. No hacía falta ser muy lista para deducir que era Grant, que había leído sobre su compromiso en la prensa.

¿Cuánto tardaría a en volver a atacar?

Ilana no quería vivir así, teniendo que mirar siempre atrás, esperando que ocurriera algo. Aquello tenía que terminar. Tras vestirse, bajó a la cocina. Al cabo de unos minutos, llegó Xandro, que se acercó y la besó en la mejilla.

–¿Por qué haces eso? –le preguntó Ilana, enarcando las cejas.

–Para practicar. Mañana por la noche será nuestro estreno en público.

–Así que tendré que agarrarte del brazo y mirarte con adoración –bromeó Ilana–. ¿Adónde vamos?

–Nos han invitado unos amigos a cenar en su yate.

Muy bien, no había problema, pero tenía que pasar por su casa a por ropa. El único problema era que no tenía medio de transporte y necesitaba ir también al taller.

–Ben te llevará al trabajo y donde necesites –le dijo Xandro.

¿Acaso leer el pensamiento de los demás era otro de sus talentos? Evidentemente, aquel hombre conocía bien a las mujeres. Seguro que en la cama era pura dinamita.

«¡No debo pensar en eso!», se dijo Ilana.

Cenaron amigablemente en la terraza y, después de haber recogido juntos, Ilana decidió irse a dormir.

–Tengo una cosa para ti –anunció Xandro.

Una cosa resultó ser un precioso solitario de diamantes, un anillo muy caro.

–No, no puedo... –se lamentó Ilana.

Xandro se lo puso en el dedo de todas maneras.

–Considéralo esencial para nuestra obra de teatro.

–Es espectacular.

–Es lo menos que se merece mi prometida.

–Pero yo no soy tu prometida.

–De momento, sí lo eres.

Ilana miró el anillo y asintió.

–Gracias, es muy bonito. Lo cuidaré bien y te lo devolveré en cuanto todo esto acabe.

–¿No me vas a dar las gracias?

Ilana lo miró inquieta y Xandro le puso las manos en los hombros y la besó en la boca. Ilana no se podía ni mover. Aquel hombre amenazaba con poner todo su mundo patas arriba y, además, la afectaba de una manera como ningún otro hombre lo había hecho jamás.

Pero nada iba a suceder entre ellos porque Ilana no podría soportar otro fracaso emocional.

–Deja de darle vueltas a la cabeza –le dijo Xandro acariciándole el labio inferior con el dedo.

Ilana murmuró algo incoherente y salió de la cocina a toda velocidad.

Capítulo 9

A LA mañana siguiente, Ilana entró en la cocina, saludó a Judith, se sirvió un cuenco de cereales y un plato de fruta y salió a la terraza, donde Xandro estaba terminándose el café.

—Buenos días —la saludó.

A continuación, se puso en pie, agarró a Ilana del mentón y le dio un beso en la boca que duró un poco más de lo estrictamente necesario y que dejó a Ilana con ganas de más, lo que era toda una locura.

Aquel hombre estaba invadiendo su vida lentamente, reavivando emociones que Ilana no quería volver a sentir. Si quería proteger su corazón, no podía permitirse el lujo de ponerse sensiblera.

Llevaba un año entero colocando las piezas con cuidado en su lugar para que soldaran, prometiéndose a sí misma que jamás permitiría que otro hombre le rompiera el corazón, y ahora se encontraba en una situación que no podía controlar con un hombre que alteraba su equilibrio emocional hasta tal punto que quería salir corriendo y esconderse.

Dadas las circunstancias, no había escapatoria.

–Esta tarde nos iremos sobre las siete –anunció Xandro.

Ilana asintió y se sentó. Xandro se puso la chaqueta y se fue. Mientras hojeaba el periódico, sonó el móvil de Ilana y al comprobar quién era vio que se trataba de su guardaespaldas.

–La estoy esperando fuera para cuando quiera que la lleve al trabajo.

–Salgo en cinco minutos –contestó Ilana.

Había bastante tráfico y tardaron un buen rato en llegar a Bondi. Una vez allí, Ben aparcó el coche frente a la puerta y apagó el motor.

–No hace falta que me esperes.

–Xandro me ha dado otras instrucciones –contestó el guardaespaldas entregándole una tarjeta–. Ahí tiene mi teléfono móvil apuntado. Llámeme en cuanto quiera que la lleve a su casa a por ropa.

Ilana iba a abrir la boca para protestar, pero finalmente no lo hizo.

–Gracias –contestó.

Al entrar en el taller, recibió la enhorabuena de todas sus compañeras, que le hicieron mil preguntas, pues no era fácil entender cómo en tan poco tiempo se iba casar con uno de los solteros más codiciados del país.

Menos mal que había mucho trabajo.

A media mañana, Ben la llevó a su casa a recoger la ropa. Estaba terminando cuando sonó el teléfono móvil y, al descolgar, Grant comenzó a soltarle un torrente de insultos. Estaba ya tan acostumbrada, que Ilana tuvo el reflejo de darle a la función de grabar.

Al comprobar el contestador automático, vio que también había otros dos mensajes de Grant igual de espantosos.

Aquella tarde, Ilana eligió un vestido de seda color jade, lo combinó con una pashmina adornada con hilo dorado, tacones altos y bolso dorado también y le añadió un broche, pendientes y pulsera de diamantes.

Xandro estaba increíble con su traje de gala, camisa blanca y corbata negra. Mientras bajaba las escaleras para reunirse con él, Ilana pensó que debería estar prohibido que un hombre pudiera emanar tanto poder y sensualidad.

El Bentley los esperaba aparcado en la entrada e Ilana se sorprendió al ver que Ben se subía en el 4 x 4 en el que la había llevado a ella y los seguía.

—Por precaución —le explicó Xandro.

Al cabo de un rato, llegaron a un puerto privado. Aquello no era un yate, era una mansión flotante en la que Ilana reconoció a un aclamado doctor australiano y a su esposa, a tres empresarios de renombre, a dos parlamentarios, a una presentadora de televisión y su novio y a una modelo extranjera que se había convertido en actriz.

Casi treinta invitados, con los anfitriones incluidos, que charlaban, bebían champán francés y degustaban exóticos canapés.

Todo el mundo les daba la enhorabuena e Ilana estaba sonriendo tanto, que empezó a dolerle la cara. Xandro no se separó de ella ni un solo momento. Ilana no sabía si para protegerla o para asegurarse de que no se salía del guion.

En un momento dado, Xandro deslizó la mano desde la nuca de Ilana hasta su cintura y siguió bajando... y bajando... hasta colocársela sobre la base de la columna vertebral, lo que hizo que Ilana tragara saliva y se diera cuenta de que le hervía todo el cuerpo y de que todas y cada una de sus terminaciones nerviosas estaban disparadas. Lo tenía tan cerca, que olía su colonia y se dijo que desearía poder dar marcha atrás en el tiempo unas cuantas semanas y volver a cuando su vida era normal.

Una vez sentada a la mesa para cenar, conversó con los demás invitados que tenía cerca y fingió que era la mujer más feliz del país. Y lo habría sido si su compromiso hubiera sido real y Xandro, el amor de su vida.

Como si sintiera que tenerlo tan cerca la alteraba sobremanera, Xandro deslizó la mano por debajo de la mesa y se la puso en el muslo durante unos segundos. En aquel momento, un invitado les preguntó para cuándo era la boda y Xandro, agarrando a Ilana de la mano, contestó que muy pronto, y le besó la palma.

Aquel gesto evocador y sensual hizo que Ilana maldijera a Xandro en silencio por fingir su parte tan bien.

Cuando Ilana creyó que ya estaba casi a salvo después de la cena, los anfitriones anunciaron que habían contratado a un pinchadiscos para amenizar la velada y animaron a todo el mundo a bailar, así que Ilana se encontró entre los brazos de Xandro, manteniendo a raya la tentación de apretarse contra su cuerpo para comprobar si estaba tan excitado como ella.

Al final, decidió no hacerlo, pues le pareció que sería más fácil seguir adelante con la farsa así. Si resultaba que Xandro estaba excitado, no podría volver a mirarlo a los ojos, y le resultaría mucho más difícil desempeñar su papel, al que cada vez le estaba tomando más cariño, lo que era una locura.

Cuando, por fin se fueron, Ben los siguió a una distancia prudente hasta Vaucluse.

Oyó un ruido de repente, pisadas detrás de ella, así que comenzó a caminar más rápido y terminó corriendo. Era de noche, las farolas de la calle estaban encendidas, pero no había nadie cerca. Su edificio estaba justo enfrente, pero, cuanto más corría, más lejos lo tenía. Las pisadas se acercaban cada vez más. Ilana sabía que, de un momento a otro, sentiría unas manos en la espalda que la tirarían al suelo. No quería que le pegaran otra vez. Un grito desesperado nació de su garganta, pidió socorro, pero no había nadie...

–Ilana.

Ilana comenzó a dar puñetazos al aire, intentando zafarse de las manos que la tenían aprisionada.

–¡Suéltame! –gritó.

Al instante, sintió el cuerpo de alguien sobre el suyo.

—Tranquila —le dijo una voz al oído—. Es una pesadilla.

Oh, no.

—No me lo puedo creer —se lamentó Ilana con voz trémula mientras se apartaba de Xandro y se quitaba el pelo de la cara.

No podía soportar que la viera así de vulnerable. Hacía tiempo que no necesitaba pastillas para dormir, pero al día siguiente iría al médico para que se las recetara.

—¿Quieres que hablemos de ello?

—¿Nos vamos a poner a hacer terapia, Xandro?

—Lo que haga falta.

—¿Para que no vaya deambulando por la casa activando el sistema de infrarrojos?

—Sí —sonrió Xandro.

Su presencia le daba cierta seguridad. Por un momento, Ilana se entregó a la locura de preguntarse cómo se sentiría disfrutando de su protección, compartiendo su vida, su cama, cómo sería despertarse en mitad de la noche sabiendo que lo tenía al lado.

Cómo sería amarlo y sentirse amada por él.

Pero no debía olvidar que lo que Xandro le ofrecía no era amor.

¿Qué le estaba ocurriendo? ¿Acaso era porque era de noche? Aquello de jugar a fingir era peligroso porque le hacía pensar demasiado y desear demasiado, desear algo que jamás tendría.

—Creo que sería mejor que te fueras.

¿Aquella voz era suya? ¿Aquella voz que era casi un susurro, producto del deseo?

–Pídeme que me quede.

Ilana lo miró con los ojos muy abiertos.

–No puedo –contestó.

–¿Tienes miedo? –le preguntó Xandro.

«No por la razón que tú crees», pensó Ilana.

Bastaría con que Xandro la besara para que estuviera perdida. Si lo hacía, sabía que jamás volvería a ser la misma. ¿Se daría cuenta Xandro de su batalla interna?

–Lo que tú quieras –le dijo él.

Ilana no podía hablar, no podía dejar de mirarlo a los ojos. Pasaron los minutos y la habitación se evaporó, solo existía Xandro, la tensión eléctrica y la sensación de que estaba al borde de un precipicio.

Un paso atrás y estaría a salvo, pero, si diera un paso adelante... ¿volaría o caería? ¿Cómo lo iba a averiguar si nunca se arriesgaba?

Xandro se puso en pie, la miró, se giró y avanzó hacia la puerta. Ilana sintió que el corazón se le disparaba. Sería una cuestión de segundos y Xandro se habría ido y ella se sentiría más sola que nunca, pero las palabras no le salían de la boca.

Cuando vio que Xandro ponía la mano en el pomo de la puerta...

–Quédate –susurró–. Por favor –añadió.

–¿Estás segura? –le preguntó Xandro girándose hacia ella–. Si me quedo, no habrá marcha atrás.

Ilana cerró los ojos, los volvió a abrir y se dio cuenta de que tenía la respiración entrecortada.

Su mente y su cuerpo eran dos entidades separadas.

—Quédate.

Aquello era una locura. ¿Qué estaba haciendo? Xandro la miró a los ojos y avanzó hacia ella y, cuando llegó a la cama, alargó el brazo y le tendió la mano.

—Ven —le dijo.

¿Quería que se levantara de la cama?

Ilana reposó su mano en la de Xandro y así lo hizo.

—Mírame —le dijo Xandro, acariciándole la mejilla.

A continuación, deslizó la mano hasta su mandíbula, acarició la curva de su labio inferior e inclinó la cabeza hacia ella. Sus labios se tocaron con una caricia suave que dejó a Ilana con el deseo de algo más. Fue ella la que abrió la boca, fue ella la que buscó la lengua de Xandro con la punta de la lengua y la que comenzó la exploración con un mordisquito.

Xandro le apartó un mechón de pelo de la cara y acarició la cicatriz que tenía en la base de la nuca, aquella que, según el informe médico, se había producido por llevar una cadena alrededor del cuello.

A continuación, deslizó los labios por su garganta y percibió cómo a Ilana se le ahogaba la respiración cuando buscó la cicatriz con la boca.

Fue una caricia evocadora, suave, seguida de un beso abrasador en la boca. Xandro le acarició la espalda, la columna vertebral y la cintura mientras Ilana se dejaba hacer y absorbía su aroma masculino al acariciarle los hombros, los brazos y las costillas.

No era suficiente. Quería tocarlo, quería sentir su piel desnuda, quería explorar su cuerpo.

–Fuera ropa.

La voz de Xandro sonaba grave. Ilana buscó el borde de la camiseta que Xandro llevaba y se la quitó. Ahora ya lo tenía desnudo de cintura para arriba y no dudó en tocarlo. Al principio, lo hizo tímidamente... en el pecho... alrededor de uno de los pezones y luego el otro, explorando... luego, siguiendo la necesidad de saborearlo, sacó la lengua y le masajeó los pezones en círculos con ella hasta que notó que se endurecían.

Xandro la besó con pasión, le acarició con la yema del dedo pulgar la base del cuello y siguió bajando hasta su escote. Ilana sintió que un primitivo sortilegio se apoderaba de ella y, allí donde Xandro la tocaba, sentía que el deseo se apoderaba de ella.

Sentía las manos de Xandro en la cintura y, poco a poco, le fue levantando el camisón de algodón hasta que se lo quitó y sus pieles desnudas entraron en contacto. Al principio, Ilana sintió la necesidad de cubrirse los pechos, pero Xandro no se lo permitió.

–Apaga la luz –le indicó entonces.

–No –contestó Xandro muy serio–. Me gusta mirarte. Eres preciosa.

Ilana bajó la mirada y sonrió tímidamente.

–Tú todavía no estás desnudo del todo –protestó.

–Eso se arregla en un momento –contestó Xandro bajándose la cremallera de los pantalones y despojándose de ellos.

Era maravilloso verlo completamente desnudo y excitado. Le gustaba tanto, que Ilana no dudó en alargar el brazo, fascinada por la forma y la textura de su pene y por el envoltorio de aspecto sedoso.

–Despacio, *pedhaki mu* –le indicó Xandro retirándole la mano y llevándosela a los labios–. No querrás que esto se acabe antes de haber empezado.

A continuación, comenzó a besarle los pechos hasta hacerla gritar de placer. Ilana sintió sus dedos en la cintura, alrededor de su ombligo, antes de seguir hacia su vello púbico y el interior de sus muslos.

Ilana ahogó una exclamación cuando Xandro le separó las piernas y los labios vaginales y comenzó a explorar sin prisas, haciendo que Ilana se apretara contra su mano pues cada vez quería y necesitaba más. Sus caricias hicieron que se lubricara tanto, que le permitiera introducir dos dedos en el interior húmedo de su cuerpo. Cuando Xandro encontró su clítoris, Ilana dio un respingo de placer. Las sensaciones eran salvajes, tan intensas que no podía controlarlas.

Cuando Xandro se arrodilló ante ella y recorrió el mismo camino con la boca bajando y bajando hasta llegar al vello púbico, no pudo evitar gritar.

Ilana se agarró a él y permitió la invasión, indicándole con una voz que no reconocía como propia que siguiera mientras un fuego líquido abrasaba su cuerpo y llegaba el clímax, saltando en mil pedazos, disfrutando de aquella exquisita sensación que aquel hombre le había regalado.

Con infinito cuidado, Xandro comenzó a trazar una hilera de besos por todo su abdomen, subió entre sus pechos, se paró en su esternón y se apropió de su boca mientras la tomaba en brazos y la depositaba en la cama.

Ilana le pasó los brazos por el cuello mientras Xandro colocaba una rodilla entre sus muslos para separarlos. A continuación, se colocó sobre ella.

Ilana se dijo que debería decirle algo, pero era demasiado tarde, pues ya estaba sintiendo la invasión, los tejidos apretados que se iban acomodando al desconocido, la barrera, algo de dolor...

De repente, se dio cuenta de que Xandro se había quedado muy quieto.

–¿Por qué no me lo has dicho? –le preguntó tras maldecir en un idioma que Ilana no entendió.

Ilana giró la cabeza, pero Xandro la obligó a volver a mirarlo.

–¿Qué más da? –grito Ilana con lágrimas en los ojos.

Xandro tomó aire y apretó los dientes.

–Habría tenido cuidado para no hacerte daño – contestó retirándose.

–No –le dijo Ilana.

–Ilana...

–No pares –le pidió a pesar de que le costaba mucho–. Por favor –insistió.

Xandro se quedó quieto unos segundos, pero terminó besándola en la boca lenta y apasionadamente y volviendo a introducirse en su cuerpo por completo.

A Ilana le gustó, le gustó muchísimo.

–¿Estás bien? –le preguntó Xandro.

Ilana le puso la mano en la nuca y atrajo su cabeza hacia sí, se apoderó de su boca y lo hizo jadear de placer. Instintivamente, basculó la pelvis para animarlo y Xandro comenzó a moverse. Al principio, lo hizo lentamente y, luego, a medida que Ilana fue uniéndose a sus movimientos, fue acrecentando el ritmo. Exultante, Ilana dejó que Xandro la llevara de nuevo hacia el orgasmo.

Después, la abrazó con fuerza. Ilana cerró los ojos y se sumergió en un profundo sueño... mientras el hombre que tenía a su lado permanecía despierto toda la noche.

Capítulo 10

ILANA se despertó cuando la alarma de su teléfono móvil comenzó a sonar. ¿Ya eran las siete? Le parecía que apenas había dormido. Al moverse, se dio cuenta de que estaba desnuda y, entonces, lo recordó todo.

La pesadilla, Xandro...

¡Xandro!

Le había pedido que se quedara y se había quedado. Ilana cerró los ojos al recordar el erotismo de lo que habían compartido.

Un ruido llamó su atención y, al girar la cabeza, vio a Xandro saliendo del baño con una toalla a la cintura.

—¿Qué tal te encuentras? —le preguntó, sentándose en la cama junto a ella.

Ilana sintió que se sonrojaba, así que Xandro le tomó el rostro entre las manos y la besó lentamente.

—¿Estás dolorida después de lo de anoche? —comentó, mirándola de nuevo.

—Preferiría que no habláramos de eso —contestó Ilana.

—No hablar de ello no hará que lo olvidemos.

—No tendría que haber sucedido.

—¿Lo dices en serio? —se extrañó Xandro, apartándole un mechón de pelo de la cara.

—La verdad es que no esperaba que estuvieras aquí.

—¿Creías que iba a dejar que te despertaras sola?

Lo cierto era que la idea de despertarse sola era la que menos le preocupaba. Había otra cuestión que le preocupaba mucho más.

—Anoche no tomamos medidas anticonceptivas —comentó.

—Te aseguro que estoy sano —contestó Xandro.

Ilana se rio histérica, pero se tranquilizó cuando, tras hacer cálculos, se dio cuenta de que tenía pocas posibilidades de haberse quedado embarazada.

—Si estás preocupada por si te quedas embarazada, tranquila. Si lo estás, nos ocuparemos de ello los dos juntos.

—Te recuerdo que no somos pareja.

—¿Cómo que no?

—Como que no.

—¿Quieres empezar el día discutiendo?

—No.

—Muy bien.

—Lo que quiero hacer es darme una ducha y vestirme —contestó Ilana con frialdad.

Xandro se puso en pie. En cuanto estuvo a solas, Ilana eligió ropa limpia y se fue al baño. Se quedó un buen rato debajo del agua caliente y se frotó vigorosamente, preguntándose qué demonios había hecho. Había roto todas las creencias morales preconcebidas que tenía, eso era lo que había hecho.

Mientras se vestía, se dijo que, para ser sincera consigo misma, tenía que admitir que, gracias a las caricias de Xandro, se sentía más viva que nunca.

Cuando entró en la cocina, y tras saludar a Judith y a Ben, se sirvió yogur y fruta fresca y salió a la terraza. Xandro levantó la mirada e Ilana se sentó frente a él sin abrir la boca.

–¿Café? –le preguntó Xandro.

–Sí, gracias.

Ilana no quería ni mirarlo porque cada vez lo deseaba más. La cabeza le decía una cosa, pero el corazón le decía otra, y tuvo que hacer un gran esfuerzo para permanecer allí sentada desayunando como si tal cosa. Fue un gran alivio cuando Xandro se puso en pie, la besó en la sien y le deseó que tuviera un buen día.

Había días en el taller en los que todo iba bien, pero aquel no fue uno de ellos. Unas telas que habían encargado no llegaron y una clienta decidió cambiar el tamaño de los botones por enésima vez.

Para colmo, Grant llamó tres veces insultando y amenazando.

Aunque había tomado la decisión de no dejar que aquellas llamadas la asustaran, lo cierto era que la habían afectado. Daría cualquier cosa por bajar a la playa a pasear mientras escuchaba música en su iPod y se olvidaba del mundo un rato.

No le iba a resultar fácil deshacerse de Ben,

pero tampoco sería imposible. Ilana buscó la manera de hacerlo y, cuando creyó encontrarla, se le iluminaron los ojos.

—Micky, voy un momento a la farmacia —anunció—. Vuelvo dentro de diez minutos.

Una vez en la calle, saludó a Ben, que la acompañó hasta la farmacia.

—No hace falta que entres conmigo, no voy a tardar mucho —le indicó.

El guardaespaldas sonrió y se quedó mirando el escaparate mientras Ilana entraba en la tienda. Ilana sabía que la tenía vigilada, pero, si lo hacía bien, si conseguía ganar unos minutos, podría salir por la puerta de atrás de la farmacia, cruzar la avenida y acceder a la playa.

El plan era pedirle a uno de los ayudantes que la dejara pasar a la trastienda porque tenía ganas de ir al baño.

—Claro, pasa, no hay ningún problema —le dijo la farmacéutica en persona.

Cuando salió a la avenida, Ilana sintió una gran sensación de libertad y aceleró el paso en dirección a la arena.

¡Lo había conseguido!

—¿Vas a algún sitio?

Al girarse, se encontró con Ben, que la miraba muy serio.

—Quería pasear por la playa un rato... sola —confesó.

—Esto no ha sido muy inteligente por tu parte.

—A veces, una tiene estos lapsus —contestó Ilana, intentando apelar a la compasión del guardaespaldas–. ¿Tan terrible es querer escapar un rato?

–No es terrible, es una locura dadas las circunstancias. Si quieres pasear por la playa, me lo dices y bajamos a la playa, no hay problema.

Pero no sería lo mismo ir con guardaespaldas que sin él.

–¿Entonces? ¿Taller, playa o casa? –le preguntó Ben.

La casa a la que Ben se refería no era su casa y la playa había perdido su atractivo, así que...

–Al taller –contestó Ilana–. Supongo que se lo vas a contar a Xandro, ¿no? –añadió mientras caminaban uno al lado del otro.

–Es mi obligación hacerlo.

Aquello hizo que Ilana pasara una tarde angustiosa y en el trayecto de vuelta a casa no abrió la boca. Para su alivio, el coche de Xandro no estaba cuando llegaron. Genial. Así, podría meterse en el baño a darse un buen baño de espuma.

La confrontación iba ser inevitable, pero le daría un poco de tiempo. Con esa idea en la cabeza, Ilana llenó la bañera, añadió sales de baño, se desnudó, se recogió el pelo y se metió entre las burbujas.

Qué delicia.

Ilana cerró los ojos y se relajó.

–¿Has tenido un mal día?

Al oír la voz de Xandro, abrió los ojos sobresaltada.

–¿Qué haces aquí?

Xandro se había cambiado de ropa y ahora llevaba unos pantalones de tela y un polo. Estaba increíblemente guapo. El algodón del polo marcaba sus hombros musculados, resaltaba sus bíceps y marcaba su imagen de poder. Demasiado poder. Ilana recordaba perfectamente cómo la habían abrazado aquellos brazos y cómo la habían acariciado aquellas manos.

Sexo, pasión electrificante.

—Me parece que me tienes que contar una cosa.

—Supongo que ya te lo habrá contado Ben con todo lujo de detalles —contestó Ilana.

—Sí, pero me gustaría que me lo contaras tu —insistió Xandro.

—Estoy en desventaja —protestó Ilana, haciendo referencia a que estaba metida en la bañera.

—El lugar donde nos íbamos a encontrar lo has elegido tú —le recordó Xandro.

—No esperaba que invadieras mi intimidad —le espetó Ilana.

—Pues te has equivocado,

Xandro agarró una toalla, la desdobló y se la ofreció. ¡Si se creía que iba a salir de la bañera con él delante, iba listo!

—Vete el infierno —le dijo Ilana, tirándole la esponja y dándole en el pecho.

Xandro se acercó y quitó el tapón de la bañera. Ilana protestó al ver que el agua comenzaba a salir.

—Eres un... —dijo, aceptando la toalla y cubriéndose con ella.

Aquello era demasiado. Aquel hombre era demasiado. Ilana sintió estúpidas lágrimas en los ojos.

–Vete. Por favor.

El «por favor», le llegó a Xandro al alma.

–Ya hablaremos de esto más tarde –le dijo, girándose y saliendo del baño.

Ilana se dio crema hidratante por todo el cuerpo, se vistió y bajó al comedor, donde Xandro la estaba esperando. Judith era una cocinera maravillosa, pero Ilana no tenía mucha hambre aquella noche.

Estaba muy nerviosa y quería que la cena terminara para escapar a su suite con el pretexto de trabajar.

–Quiero que me prometas que no vas a volver a intentar nada parecido a lo de esta tarde –le dijo Xandro muy serio.

–No pienso permitir que me trates como a una niña desobediente –le advirtió Ilana.

–Eres una adulta responsable, ya lo sé –contestó Xandro–. ¿En qué demonios estabas pensando?

–Pues entonces... basta– se enfadó Ilana.

–Tranquila, Ilana. Enfadarte conmigo no va a arreglar la situación.

Xandro tenía razón y a Ilana le molestaba sobremanera que siempre la tuviera. Enfadada, dejó los cubiertos sobre el plato, dobló la servilleta y se puso en pie.

–Tienes razón –le dijo con demasiada educación–. Disfruta de la cena –añadió muy fría–. Buenas noches.

Le encantó irse con dignidad aunque sabía que la victoria no era tal, pues Grant no tardaría en volver a llamar.

Quería salir de aquella situación... de aquella casa, de la vida de Xandro y del falso compromiso, pero estaba atrapada y lo cierto era que no se le ocurría otra manera de librarse de Grant y de poder volver a su vida normal.

Como de costumbre, trabajar un poco antes de dormir le hizo bien, y aquella noche no tuvo pesadillas, descansó y se levantó de buen humor.

Un buen humor que le duró muy poco al ver a Xandro salir del baño medio desnudo. Entonces, se dio cuenta de que las sábanas estaban revueltas a su lado.

—¿Has dormido aquí? —se indignó.

—Después de lo de anoche, me pareció lo más normal —contestó Xandro, enarcando una ceja.

—Esto es intolerable —se indignó Ilana sonrojándose.

¿Había dormido a su lado y no se había dado cuenta? ¿Cómo había sido aquello? Ilana se dio cuenta de que aquella noche había dormido profundamente. De hecho, había sido la mejor noche en mucho tiempo. No había soñado, como si su subconsciente supiera que estaba en un lugar seguro con un hombre que la protegería durante toda la noche y que había contratado a otra persona para que hiciera lo mismo durante el día.

Poder dormir tan bien con el miedo que tenía desde que Grant había vuelto aparecer en su vida era un milagro. Gracias a Xandro, podría lidiar con el miedo, pues estaba segura de la protección de aquel hombre al que casi se atrevería a amar.

Si él la amara también.

¡Pero eso no iba a suceder!

—No puedes dormir conmigo —le dijo.

—No creo que durmamos mucho —se burló Xandro—. La cama es muy grande, así que, si te quedas más tranquila, puedes poner un muro de almohadas entre los dos.

—¿Te has vuelto loco?

—¿Por qué te has vuelto tan pudorosa?

—¡Lo sabes perfectamente!

—El acuerdo entre nosotros sigue en pie.

—Y un pimiento.

—¿Tienes miedo, Ilana? ¿De mí o de ti?

—Solo te falta asegurarme que no te vas a acercar.

—Por supuesto —contestó Xandro muy serio—. En tu suite o en la mía. Tú eliges.

La verdad era que la habitación de él era más grande, tenía dos baños y dos vestidores y... ¿pero en qué demonios estaba pensando?

—Ahora mismo no tengo tiempo de pensar en esto, me tengo que vestir para irme a trabajar.

—Entonces, elijo yo —contestó Xandro—. Cambia tus cosas a mi suite.

—Cuando los burros vuelen.

—En ese caso, lo haré yo.

—No puedes...

—Ya lo verás.

—¿Por qué? —gritó Ilana, desesperada.

—Porque, así, podré estar a tu lado cuando comiences a tener pesadillas, antes de que llegues al punto de terror en el que comienzas a gritar pidiendo ayuda.

Era evidente que Xandro lo entendía muy bien, que había visto lo que le sucedía cuando revivía el intento de violación de Grant.

–Te estás pasando en tu papel de protector –le advirtió Ilana.

–¿Y qué?

Dicho aquello, se puso un batín de seda y salió de la habitación. Ilana se quedó perpleja durante unos minutos, maldijo como un carretero y se duchó. Cuando bajó las escaleras, Xandro ya se había ido, así que desayunó sola, agarró sus cosas y se fue al taller en compañía de Ben.

Ilana se pasó todo el día nerviosa y una llamada de su madre desde Melbourne no le puso las cosas fáciles. Aquello de estar engañando a todo el mundo, sobre todo a su madre, no podía ser, así que, cuando volvió a casa por la tarde, estaba decidida a decirle a Xandro que no podían compartir habitación, que todo tenía un límite.

Al entrar, Judith la saludó con cariño y la informó de que había trasladado sus cosas a la suite de Xandro, ante lo que Ilana no tuvo más remedio que dar las gracias. Volvió a pasar sus cosas a su habitación, se duchó y, cuando estaba saliendo del baño, se encontró a Xandro, con el armario abierto y recogiendo de nuevo su ropa.

–Déjala donde está –le dijo.

Xandro la miró muy serio.

–Veo que quieres hacer las cosas por las malas.

–¡No quiero hacerlas!

–Si quieres intimidad, la tendrás, pero vamos a compartir habitación.

—¿Es que acaso no importa lo que yo quiera?

—Dada la situación, no.

—Me sacas de quicio...

—Creo que eso ya me lo has dicho tres o cuatro veces.

—Bastardo —le soltó Ilana muy satisfecha, pero Xandro la ignoró—. Me las voy a volver a traer para acá —le advirtió.

—Pues vamos a tener una noche muy movidita.

Ilana se dijo que, de momento, era mejor no hacer nada y esperó a que después de cenar Xandro se recluyera en su despacho para volver a pasar su ropa a su habitación. Satisfecha, se metió en la cama y apagó la luz. Era tarde y no tardó en quedarse dormida. Al despertarse a la mañana siguiente, descubrió que no estaba ni en su cama ni en su suite.

Y lo peor era que no estaba sola. Xandro estaba tumbado en el otro extremo de la cama con una hilera de almohadas entre ellos. En algún momento de la noche, la había llevado a su habitación. ¿Cómo se había atrevido?

A Ilana se pasó por la cabeza golpearlo con una almohada y, como si le hubiera leído el pensamiento, Xandro abrió un ojo y le dio los buenos días.

—Ni se te ocurra —le advirtió.

—No sabes lo que estoy pensando —contestó Ilana.

—Si tiene algo que ver con contacto corporal, ten en cuenta que puede que no te gusten las consecuencias.

Ilana tomó aire.

—No me caes bien —reflexionó.

—Pues te fastidias.

En aquel momento, sonó el teléfono móvil de Ilana.

—¿Qué tal te va en la cama con él, zorra? —le espetó Grant—. ¿Te gusta lo que te hace?

Ilana colgó con dedos temblorosos.

—¿Grant?

—Sí —contestó Ilana, poniéndose en pie y corriendo al baño lavarse la cara con agua fría.

Sentía náuseas, pero se vistió y se acicaló para irse a trabajar.

—¿Qué te ha dicho? —le preguntó Xandro.

—Las porquerías de siempre.

Xandro, que se estaba haciendo el nudo de la corbata, observó lo pálida que estaba.

—Solo es cuestión de tiempo —le aseguró.

Ilana asintió.

—No me apetece desayunar —declaró a continuación—. Ya tomaré algo más tarde.

—No, tómate algo en casa antes de irte —le indicó Xandro, acercándose a ella y tomándole el rostro entre las manos.

—¿Es una orden?

Xandro sonrió.

—Una petición, más bien.

—Está bien, me llevaré un yogur y me lo tomaré en el taller.

—Te llamaré luego —se despidió Xandro.

Ilana bajó a la cocina a por el yogur, tal y como había prometido, se despidió de Judith y siguió a Ben hasta el garaje. El día fue normal, habló con su madre, que le dijo que su tía estaba mejor de salud, y hubo dos llamadas sin respuesta que Ilana atribuyó a Grant.

Al llegar a casa, por pura cabezonería y diciéndose que era una cuestión de principios, Ilana volvió a pasar sus pertenencias de la habitación de Xandro a la suya, pero él volvió a llevárselas a su suite.

—Está bien, tú ganas —se rindió Ilana, levantando las manos.

Xandro aceptó sin discutir que Ilana necesitara dedicarle mucho tiempo al siguiente desfile y él desaparecía tras la puerta de su despacho todas las noches para hablar con varios patrocinadores sobre la subasta que iba a tener lugar para la recaudación de fondos para ciertas causas benéficas.

Ilana solía acostarse antes que él y, aunque la pared de almohadas seguía allí, cada vez se le hacía más difícil tenerlo tan cerca y tan lejos a la vez.

Estaba pendiente de él y, tumbada en la oscuridad, imaginaba que Xandro la buscaba, que sentía su boca de nuevo, sus manos... y revivía todo lo que había sucedido entre ellos antes de llegar al maravilloso orgasmo que Xandro le había regalado.

Quería volverlo a vivir, pero con él, solo con él.

Capítulo 11

LILIANA volvió de Melbourne y ayudó a Xandro con los últimos preparativos de la subasta, que salió de maravilla, pues las donaciones fueron espléndidas... joyas, viajes, un coche, champán importado, un yate de lujo y un fin de semana en un balneario.

En cuanto a Grant, siguió llamando cada vez más, las amenazas iban subiendo de tono y, por otra parte, a Ilana se le hacía cada vez más difícil seguir viviendo con Xandro porque cada día que pasaba a su lado lo deseaba más y más.

¿Sentiría él lo mismo?

La noche de la subasta, Ilana eligió un vestido deslumbrante de seda rosa que envolvía su figura y rozaba sus tobillos al andar. El cuerpo del vestido llevaba varias hileras de piedras de cristal que se perdían en la falda creando un precioso efecto cascada.

–Estás preciosa –le dijo Xandro mientras se preparaban para salir de casa.

Él estaba impresionante con su esmoquin. Ilana era consciente de que a todas las mujeres de la subasta se les iba acelerar el corazón cuando lo vieran, pero aquella noche era suyo.

Ilana se recordó que tenía que sonreír y dar la apariencia de que era la mujer más feliz del mundo. Se le daba bien fingir ante la gente, así que no tendría problema.

El vestíbulo del hotel era espectacular y había sido muy bien decorado. El toque experto de Liliana era evidente. No había ni una sola butaca vacía. Todo indicaba que la velada iba a ser todo un éxito.

—Está todo fantástico —sonrió Liliana.

—Desde luego —sonrió Xandro—. Espero que los invitados pujen alto —añadió, pensando en los niños de la fundación para la leucemia que se beneficiarían de ello.

Ben estaba en un discreto segundo plano, pero siempre pendiente de Ilana, y Xandro había contratado a más guardias de seguridad para verificar los carnés de identidad de todo el mundo que entrara en el salón de baile.

No era muy probable que Grant intentara nada en público. Su estilo era más discreto.

Xandro no había reparado en gastos y la cena de tres platos acompañada de un maravilloso vino estaba acorde con la carísima entrada que había que pagar para asistir a la subasta. Para cuando terminó la cena, todo el mundo estaba deseando comenzar a pujar. Por supuesto, hubo unos cuantos discursos, incluyendo uno de Xandro, que habló de los niños enfermos y de lo mucho que necesitaban aquella ayuda.

A continuación, se proyectaron en una pantalla las imágenes de los premios y comenzó la subasta. Las cifras comenzaron a subir más de lo que estaba previsto. Dos paquetes para pasar una semana en París y Dubai con avión y de vuelta y siete noches de hotel fueron los más disputados, seguidos de cerca por la semana en Nueva York y en Amsterdam. Las mujeres no dejaron pasar la oportunidad de hacerse con las joyas, y el coche fue adjudicado a un ciudadano prominente que lo adquirió por mucho más de lo que costaba en el mercado.

Cuando la subasta terminó, se habían recaudado varios millones de dólares. La velada había sido un maravilloso éxito que le había permitido a Ilana ver en primera persona los intereses filantrópicos de Xandro.

—Supongo que estarás encantado.

—Sí —contestó Xandro, mirándola a los ojos.

—Veo que los elogios eran ciertos —comentó Ilana.

—¿Eso es un cumplido? —bromeó Xandro.

—Sí —admitió Ilana en tono divertido—, pero que no se te suba a la cabeza.

Después de la subasta, tomaron café y abandonaron el hotel pasada la medianoche. Al llegar a casa y mientras subían las escaleras, Ilana tuvo la sensación de que los dos tenían muy claro lo que iba a suceder aquella noche. Llevaba toda la velada pendiente de él, nerviosa, deseándolo, deseando sentir su boca, deseando que la abrazara, deseando sus caricias...

¿Se daría cuenta Xandro de cómo se sentía?

Tras entrar en el dormitorio, Ilana dejó su bol-

so de fiesta en una silla mientras Xandro se quitaba la chaqueta. Ilana se quitó las joyas con cuidado y se giró hacia Xandro, que dio un paso hacia
ella, la tomó entre sus brazos y la besó.

—Estás intentando seducirme.

Xandro sonrió.

—¿Lo estoy consiguiendo?

—Mmm, un poco.

Xandro le acarició un pecho y comenzó a di-
bujar círculos con la yema del pulgar alrededor
del pezón, lo que hizo que Ilana sintiera una espi-
ral de placer por todo el cuerpo.

—¿Mejor así? —bromeó Xandro.

—Bueno… un poco mejor, sí —bromeó ella
también.

—A ver qué te parece esto —le propuso Xandro
apoderándose de su boca.

En cuanto sus lenguas entraron en contacto,
Ilana se dijo que estaba perdida. Deseaba con todas sus fuerzas unirse a aquel hombre, disfrutar
de él y de lo que la hacía sentir.

Quería volver a vivirlo porque ante sí tenía
muchas noches solitarias y quería llevarse buenos
recuerdos. Algún día, Grant desaparecería de su
vida y ella volvería a su casa.

Ilana se dio cuenta entonces de que no le apetecía volver a su casa. ¿Pero y qué podía hacer?
No se podía quedar con Xandro aunque se lo pidiera. ¿Cómo iba a aceptar afecto en lugar de
amor? ¿Cómo iba a vivir con él sabiendo que no
era dueña ni de su corazón y de su alma?

Xandro la miró a los ojos.

–Ya estás otra vez dándole demasiadas vueltas a la cabeza.

A continuación, le tomó el rostro entre las manos y la besó. Ilana comenzó a responder. Le daba igual cómo terminara la velada. Quería todo lo que ocurriera, compartir la dulzura, lo salvaje, el deseo, todo, sentirse especial y única en sus brazos.

Ilana se dijo que no hacía falta hablar, así que comenzó a quitarle la corbata, le desabrochó a continuación los botones de la camisa y deslizó las manos hacia la cremallera del pantalón mientras Xandro se quitaba los zapatos, los pantalones y los calcetines.

Ilana se mordió el labio inferior al ver su erección y Xandro se quedó mirándola a los ojos. A continuación y con mucho cuidado, le quitó el vestido de seda, que cayó al suelo. Lo único que Ilana llevaba debajo era un tanga de seda del que Xandro no tardó mucho en deshacerse también.

Ilana sintió las manos de Xandro sobre sus hombros, por detrás. Xandro comenzó a besarla por el cuello hasta que llegó a la cicatriz que tenía en la nuca y, desde allí, bajó por toda su columna vertebral para volver a subir. Mientras su boca trabajaba en la espalda, sus manos lo hacían por delante, jugando con sus pechos hasta hacerla jadear de placer.

Xandro la tomó en brazos y la llevó a la cama, la depositó entre las sábanas y se tumbó a su lado. Ilana sentía que estaba viviendo un sueño mientras Xandro recorría cada centímetro de su cuerpo con la boca, parándose de vez en cuando en un lugar concreto hasta hacerla gemir.

—Por favor —gritó Ilana con una voz que no reconoció como suya.

Xandro se apoderó de su boca, se introdujo en su cuerpo y sintió cómo Ilana lo recibía con sus músculos internos, arqueando la cadera y pasándole los brazos por el cuello.

Entonces, comenzó moverse lentamente, Ilana se puso a su ritmo y juntos llegaron a un maravilloso orgasmo que los hizo gritar a ambos de placer.

Después, Xandro abrazó a Ilana y permitió que se durmiera acariciándole la espalda. Ilana se despertó oyendo el latido del corazón de Xandro. Al instante, le apeteció repetir lo que habían hecho horas antes, pero no se atrevía a tocarlo ni a acariciarlo aunque necesitaba explorar y descubrir las zonas erógenas de su cuerpo.

¿Y si la rechazaba? Ilana decidió arriesgarse, alargó la mano y le acarició la cintura. A continuación, lentamente subió hacia sus costillas, exploró su pezón masculino y le puso la mano en el hombro.

Xandro no se movió y su respiración no se alteró. Ilana siguió acariciándole el brazo, llegó a su cadera, se adentró entre sus muslos y fue directamente a su entrepierna.

—Si solo buscas jugar, te sugiero que pares ahora mismo —le dijo Xandro.

—¿Y si no lo hago?

—Entonces, ten muy claro cómo va a terminar esto —sonrió Xandro.

–¿Es una advertencia o una promesa?

–Las dos cosas.

Ilana chasqueó la lengua y comenzó a acariciar su cuerpo lentamente, disfrutando de la textura de su erección, comenzando desde la base y llegando a la cabeza, la parte más sensitiva. Dejándose llevar por la curiosidad, apartó las sábanas y comenzó a lamerle el pecho. A continuación, se deslizó por su abdomen y, cuando llegó al ombligo, escuchó satisfecha que a Xandro se le aceleraba la respiración.

Cuando llegó a su sexo, lo recorrió con la punta de la lengua dejando un reguero de placer.

–Ten cuidado, *agapi mu* –le advirtió Xandro tomándole la cabeza entre las manos–. Si sigues así, no voy a aguantar mucho.

–Pues me apetecía seguir un rato –contestó Ilana.

–Imposible –contestó Xandro, colocándose entre sus piernas y penetrándola sin preliminares.

Ilana sintió que aquello era mucho más de lo que creía posible, una invasión primitiva, pagana y descontrolada que los llevó a explotar al unísono. Al terminar, Ilana pensó que no se podía mover. Tampoco era que le apeteciera hacerlo.

Xandro la trató con dulzura, besándola y acariciándola hasta que Ilana se durmió entre sus brazos, sintiéndose completa y segura.

Capítulo 12

TODO estaba listo para el desfile de verano, pero, de todas maneras, Ilana revisó las listas, confirmó con Micky unos cuantos ajustes de última hora, escuchó cómo la presentadora de la gala hacía el discurso de bienvenida y cómo, a continuación, presentaba el primer modelo de Arabelle.

Habían trabajado mucho para llegar a aquel momento e Ilana cruzó los dedos para que todo saliera bien. La música comenzó a sonar y la primera modelo salió a la pasarela.

El exclusivo auditorio de Double Bay era maravilloso, había mucha gente invitada e Ilana rezó para que todo discurriera sin incidentes. De la ropa informal pasaron a los trajes de chaqueta y la categoría que siempre se llevaba los mayores aplausos fue, como de costumbre, la de vestido de fiesta.

Cuando la última modelo abandonó la pasarela, la presentadora llamó a Ilana, que salió a saludar, seguida por sus modelos. Para aquella ocasión, se había vestido de negro y había escogido mallas, botas de tacón alto por la rodilla y camiseta negra, llevaba el pelo liso y suelto y, desde el estrado, presentó a cada modelo y llamó a Micky para la final.

En aquel momento, vio a Xandro al final de la sala y levantó la mano en señal de que lo había visto. Al ver que Xandro le sonreía, sintió una sensación maravilloso por todo el cuerpo.

—Hemos triunfado —le dijo Micky mientras todo el mundo aplaudía.

—Sí —contestó Ilana mientras volvían al vestuario.

Mientras sus ayudantes recogían los vestidos y los accesorios con cuidado, Ilana y Micky les dieron las gracias a las modelos.

—Anda, vete ya —le dijo Micky—. Por favor, dale un beso a ese prometido tuyo que está como para comérselo —añadió con una gran sonrisa.

—¿En público? —bromeó Ilana—. Qué vergüenza.

Al salir a la sala, Ilana se encontró con su madre, que la envolvió en un gran abrazo.

—Querida, qué bien ha salido todo —le dijo Liliana—. Qué orgullosa estoy de ti.

—Gracias a tu apoyo, mamá.

—Ya sabes que pues contar conmigo para lo que quieras.

—Increíble —le dijo Xandro, poniéndole las manos en los hombros y besándola en la boca.

—Gracias por venir —le dijo Ilana sinceramente—. No esperaba verte aquí.

—No puedo quedarme mucho —se disculpó Xandro—. Tengo una reunión.

–Me basta con que hayas venido –contestó Ilana.

–Me tengo que ir, pero esta noche saldremos a cenar y a celebrarlo –le dijo besándole la mano.

–¿Me estás pidiendo una cita?

Habían ido a varios actos sociales, llevaba viviendo un tiempo en su casa, había ocupado su cama y se había hecho pasar ante todo el mundo por su prometida, pero, ¿una cita?

–¿Solos tú y yo?

Xandro se rio.

–Ya me encargo yo de la reserva –se despidió.

Mientras observaba cómo se iba, Ilana se dio cuenta de que muchas mujeres lo seguían con la mirada y pensó que, si de verdad fuera suyo...

Le había entregado a Xandro su corazón y su alma, pero no sabía lo que sentía él por ella. En algún momento, la ficción y la realidad se habían mezclado y ya no sabía lo que era real y lo que no.

Aparte de su experiencia en la cama, ¿qué tenía de Xandro? El suficiente afecto como para ofrecerle su protección, pero eso podía ser única y exclusivamente porque sus acciones habían contribuido a la reaparición de Grant en su vida.

En aquel momento, la representante de una cadena de tiendas se dirigió a ella y durante un buen rato Ilana se vio sumida en un ajetreo de preguntas y respuestas, de saludos y felicitaciones.

–Enhorabuena, me ha encantado el desfile.

Ilana se giró al oír la voz de Danika y se encontró, efectivamente, con la espectacular modelo.

—Gracias —contestó, pensando que seguro que tenía algún as guardado en la manga.

—¿Ya habéis puesto la fecha de vuestra boda?

—No, todavía no.

—La verdad es que debe de ser maravilloso saber que cumples con los requisitos que Xandro buscaba en una mujer para convertirla en su esposa —añadió la modelo—. Yo estuve a punto de decirle que sí porque es increíble en la cama, pero eso de tener hijos no es para mí —añadió—. Ya sabes, una realmente no se recupera jamás de esas cosas —añadió—. Uy, perdón, ¿acaso creías que era por amor?

Ilana sonrió.

—Qué triste —dijo con dulzura—. No hay nada como una persona que no sabe perder.

Dicho aquello, se giró y se fue al vestuario donde, para alivio suyo, Micky y las chicas lo tenían ya todo recogido.

—Ha sido maravilloso, fantástico, increíble —le dijo su socia, abrazándola—. Tenemos citas, promesas, pedidos y peticiones para que hagamos más desfiles —añadió emocionada—. Oye, ¿por qué no estás contenta?

—En una palabra: Danika.

—¿Está celosa?

—No te lo puedes imaginar.

—¿Qué te parece si lo metemos todo en la furgoneta y les decimos a las chicas que se encarguen ellas de llevarlo al taller mientras tú yo nos vamos a tomar un café, que nos lo tenemos bien merecido? –le propuso Micky.

–Me parece bien.

Media hora después, Ilana y Micky eligieron una cafetería y entraron. Ben las seguía a una distancia prudente. Tras hacer repaso entre las dos de lo bien que había salido el desfile y de unas cuantas cosas que querían cambiar para el próximo, Ilana anunció que tenía que irse, pues había quedado a cenar con Xandro.

Micky le dijo que se iba a quedar un rato más en la cafetería haciendo un par de llamadas e Ilana salió del local y comenzó a recorrer la corta distancia que la separaba del 4 x 4. En el camino, se paró un momento a mirar un escaparate. De repente, sintió que Ben la empujaba hacia adelante con fuerza, escuchó el ruido de unos frenos, el derrapar de unos neumáticos y la explosión del cristal cuando un coche atravesó el escaparate de la tienda.

Ilana se apresuró a ponerse en pie y comprobó sorprendida que el coche se había quedado metido en la tienda con el radiador roto, a juzgar por el vapor que salía de la parte delantera.

–¿Estás bien? –le pregunto Ben.

–Sí, un poco sorprendida, pero estoy bien. ¿Qué demonios ha pasado?

En un abrir y cerrar de ojos, vio a Micky corriendo a su lado. Su amiga la sentó en una silla, pidió agua y le indicó a Ben que ya se hacía cargo ella de Ilana para que él pudiera hacer lo que tuviera que hacer.

El guardaespaldas asintió, marcó un teléfono y habló brevemente.

–Xandro viene para acá –anunció.

–Estoy bien –les aseguró Ilana–. No me quiero sentar –añadió ante la insistencia de su amiga.

–Siéntate –repitió Micky–. Siéntate porque vas a necesitar estar sentada para oír lo que te tengo que decir. Grant está atrapado en ese coche.

–¿Grant? –repitió Ilana palideciendo.

–Sí, Grant.

Ilana se quedó sin palabras. La policía, los bomberos y una ambulancia no tardaron en llegar. Xandro también apareció rápidamente.

–¿Estás bien? –le preguntó a Ilana, colocándose en cuclillas a su lado.

–Sí –sonrió Ilana.

–Gracias a Dios –dijo Xandro sinceramente tomándole el rostro entre las manos y besándola brevemente.

Su presencia la reconfortó mientras los diferentes equipos de uniformados se hacían cargo de la situación con eficiencia sincronizada. Los bomberos abrieron la puerta del coche con unas herramientas gigantes, sacaron a Grant, lo metieron en la ambulancia y la policía comenzó a hacer preguntas.

Cuando terminaron, Xandro condujo a Ilana a su coche y se puso al volante. Mientras conducía, Ilana pensó que todo había terminado, que Grant sería tratado en el hospital, arrestado y acusado.

Aquello significaba que ya podía volver a su

casa y a su vida normal. ¿Por qué no se sentía aliviada y feliz?

—Vamos a llegar tarde al restaurante —comentó al ver que estaba anocheciendo.

—He cancelado la reserva —contestó Xandro.

—No hacía falta.

—Prefiero que cenemos tranquilamente en casa —contestó Xandro.

Lo cierto era que necesitaba tenerla solo para él, tomarla entre sus brazos, no quería compartirla con nadie.

—¿Adónde vamos? —preguntó Ilana al ver que estaban tomando una ruta diferente.

—A un centro médico privado.

—¿Por qué? Estoy perfectamente.

—Por favor.

—Eres un exagerado.

—Tómatelo como una medida de precaución.

Ilana asintió.

Al llegar al hospital, todo el personal la estaba esperando, así que supuso que Xandro había llamado con antelación. Tras un pormenorizado examen, el médico le aseguró que no tenía nada, solo unos cuantos golpes.

—Ya te lo dije —le dijo Ilana a Xandro mientras abandonaban el centro.

—¿Te apetece que compremos comida china para llevar? —le preguntó Xandro.

—Sí, tengo hambre.

Aquella noche, cenaron en la terraza. Cuando hubo terminado, Ilana subió a su habitación para ducharse y cambiarse de ropa. Quería ducharse para que el agua borrara el incidente. Una vez en la ducha, se dijo que el tiempo curaría sus heridas mentales. Sin embargo, nada haría que olvidara lo que sentía por Xandro.

El amor era un sentimiento duradero. Amar sin ser amada era difícil. Ilana se dijo que aquella noche se iba a quedar a dormir allí, que se merecía una última noche para saborear y recordar.

En ese momento, Xandro se unió a ella en la ducha.

–¿Quieres ahorrar agua o qué?

–Sí, siempre he sido muy ecologista –contestó Xandro, tomando la esponja con jabón que Ilana tenía en la mano.

Ilana disfrutó de la experiencia. El calor iba apoderándose de su cuerpo allí donde Xandro pasaba la esponja. Empezó por sus pechos y fue bajando mientras sus labios se encontraban en la base de su garganta.

–Mmm, qué bien se te da.

–Pues no hecho más que empezar.

Aquello que empezó así se convirtió en una gran celebración, una experiencia de caricias sin fin, de besos apasionados, de prolegómenos exquisitos que prometían mucho.

Cuando los dos estuvieron preparados y en un movimiento coordinado, Ilana lo abrazó de la cintura con las piernas y Xandro la apoyó contra la pared y se colocó para introducirse en su cuerpo.

Ilana le dio la bienvenida con un beso erótico y ardiente e hicieron el amor lentamente. Fue tan maravilloso que, cuando terminaron, a Ilana le entraron ganas de llorar pues le hubiera gustado que no hubiera terminado jamás.

A continuación, tras secarse el uno al otro y en albornoz, se dirigieron al dormitorio. Una vez en la cama, Xandro hizo zaping durante un rato hasta que encontró un programa que les interesaba a ambos. Acurrucada a su lado y con la cabeza apoyada en su hombro, Ilana se dijo que no quería estar en otro lugar más que allí, con el brazo de Xandro por encima de sus hombros, abrazándola.

Al amanecer, Xandro la buscó e Ilana se entregó a él gustosamente, jugando y disfrutando hasta que ambos se encontraron compartiendo un sexo tan salvaje que los dejó a ambos jadeantes y listos para seguir durmiendo.

Capítulo 13

A LA mañana siguiente, Ilana se levantó temprano y se quedó quieta para no molestar a Xandro, pensando en todas las semanas que habían transcurrido, en la ansiedad tanto emocional como mental.

Ahora todo había terminado.

Ilana no sabía si alegrarse o ponerse a llorar. Era libre para volver a su vida, ya no tenía que seguir bajo la protección de Xandro, podía volver a su casa.

Entonces, ¿por qué dudaba? Porque se quería quedar, quería comprometerse. Todo o nada. ¿Iba a ser capaz de arriesgarse? ¿Se iba a atrever?

No…

Esperaría a que Xandro se fuera a trabajar y, a continuación, haría las maletas.

La noche anterior había sido muy especial. Todas las veces que habían hecho el amor habían sido especiales, pero lo de anoche había sido un banquete para los sentidos, una relación primitiva e imposiblemente erótica.

El desayuno sería la última comida que compartirían. Luego, se despediría de él con un beso

como si no pasara nada. Podía hacerlo, ¿verdad?
Tampoco podía ser tan difícil.

¿Cómo que no? Fue lo más difícil que Ilana
había hecho en su vida. Mientras veía cómo Xandro iba hacia la puerta, sentía que el corazón se le
partía.

«No pienses, no llores, sube las escaleras, re-
coge tus cosas y vete. Deprisa», se dijo.

Ilana estaba terminando de hacer la bolsa
cuando tuvo la sensación de que alguien la observaba.

—¿Qué haces?

¿Xandro?

Ilana se giró y comprobó que, efectivamente,
era él.

—Creía que te habías ido.

—Eso no contesta a mi pregunta —respondió
Xandro mientras Ilana seguía haciendo la maleta.

—Vuelvo a mi casa —contestó Ilana.

—No, de eso nada.

—Ya no hay razón para que siga aquí.

—¿Cómo que no? ¿Y lo que hemos compartido? ¿Qué es?

—Sexo.

—¿Solo sexo? —se indignó Xandro.

—He dejado el anillo en el cajón de arriba de la
mesilla.

—Quédate.

—No puedo.

—¿No puedes o no quieres?

—Ha sido maravilloso mientras ha durado —
contestó Ilana.

—Maldita sea, te pedí que te casaras conmigo.

—Lo que me propusiste fue un matrimonio de conveniencia —le recordó Ilana.

—Te puedo ofrecer todo lo que quieras.

«Excepto lo que de verdad necesito, tu amor», pensó Ilana.

—Te agradezco mucho todo lo que has hecho por mí —le dijo sinceramente.

—¿De verdad crees que te voy a dejar marchar?

—No me lo puedes impedir.

—¿Qué quieres para quedarte? Dime cuál es tu precio.

—No hay ningún precio —contestó Ilana.

Solo dos palabras.

Ilana metió la última prenda en la maleta y la cerró.

—Ilana.

—Seguro que nos veremos en alguna fiesta.

Xandro se quedó mirándola intensamente durante unos segundos.

A continuación, agarró las maletas y comenzó a bajar las escaleras.

Juntos, avanzaron hacia el garaje en silencio. Una vez allí, Ilana desactivó el sistema de alarma de su coche y abrió el maletero para que Xandro metiera las maletas.

Había llegado el momento que tanto había temido.

—¿De verdad es esto lo que quieres? —le preguntó Xandro.

Ilana asintió, pues no quería hablar, abrió la

puerta y se colocó al volante. A continuación, encendió el motor, metió primera y se fue.

Ya lloraría cuando estuviera sola.

Su casa se le hacía oscura y solitaria, así que Ilana pasaba muchas horas en el taller, negándose a atender ninguna llamada personal que no fuera de su madre.

No aceptó ninguna invitación a actos sociales y le confesó a Liliana que el compromiso con Xandro había sido una farsa para hacer caer a Grant.

Los días se convirtieron en semanas e Ilana se dijo que estaba bien, pero comía poco y dormía menos. Todas las noches soñaba que estaba con Xandro, en su cama y se despertaba bañada en sudor.

Sola.

Menos mal que tenía el trabajo para distraerse. Una mañana, la llamó su madre para invitarle a cenar y, aunque a Ilana no le apetecía nada salir, se sintió obligada a decir que sí.

Poco antes de las siete de la tarde, duchada y arreglada, bajó al vestíbulo de su edificio y vio el coche de su madre, que la estaba esperando en la calle.

—Cariño, estás preciosa.

¿De verdad? No lo había hecho adrede. Simplemente, se había puesto un pantalón de fiesta de color verde esmeralda, zapatos de tacón y se había dejado el pelo suelto.

—¿Adónde vamos?

—Es una sorpresa.

Eran casi las siete y media cuando Liliana la condujo a un restaurante pequeño e íntimo donde el maître las saludó con educación y las sentó en una mesa con un ramo de flores espectacular.

Ilana se dio cuenta de que eran las únicas personas que iban a cenar y así se lo hizo saber a su madre.

—Siéntate, cariño, yo tengo que ir hablar un momento con el maître.

Ilana se sentó y se fijó en que todas las mesas tenían una vela. Al cabo de unos segundos, se acercó un camarero y le dijo que le iba llevar agua y la lista de vinos. Lo cierto era que Ilana no tenía mucha hambre, pero, tal vez, una copa de vino le diera fuerza y le abriera el apetito. ¿A qué olía? ¿Champiñones salteados? ¿Pan con hierbas?

Su madre estaba tardando un rato. ¿Y dónde se había metido el camarero? Al sentir un movimiento, levantó la mirada y se quedó de piedra al ver a Xandro caminando hacia ella, alto y muy masculino.

Entonces, se dio cuenta de que había sido víctima de una conspiración, pero, ¿con qué objetivo?

Ilana se quedó mirando a Xandro. Era incapaz de dejar de mirarlo.

—¿Qué haces aquí? —le preguntó.

—Si te hubiera invitado a cenar, ¿habrías aceptado?

—Probablemente no.

—Ahí tienes la respuesta —contestó Xandro, sentándose frente a ella.

—¿Para qué?

—Para vernos, para tomarnos una copa de vino juntos, para disfrutar de la comida y para hablar.

—No tenemos nada de lo que hablar.

—Sí, tenemos muchas cosas de la que hablar.

—Xandro...

—Venga, por favor, nos tomamos una copa de vino, ¿eh? —insistió Xandro, haciéndole una señal al camarero—. Tú eliges.

Ilana accedió, se tomó su tiempo y terminó eligiendo un vino blanco. Había música de fondo muy agradable y Xandro no parecía tener prisa por pedir la cena, así que Ilana buscó un tema de conversación.

—¿Y mi madre?

—Ella solo tenía que traerte hasta aquí. ¿Te gusta este sitio?

—Sí... ¿has reservado el restaurante entero?

—Sí.

—¿Por qué?

—Ten paciencia.

—¿Qué juego te traes entre manos?

—No es ningún juego.

En aquel momento, apareció el camarero, les sirvió el vino y le entregó a Ilana un estuche, que Ilana procedió a abrir. En su interior, había una rosa con una tarjeta en la que se leía: *con amor, Xandro*.

Ilana sintió que el corazón le daba un vuelco, pero se dijo que solo era un detalle, un detalle muy bonito que se llevaría a casa. La pondría en un florero con agua hasta que se le hubiera caído el último pétalo.

El camarero volvió y ambos pidieron su cena. Mientras daban buena cuenta de ella, Ilana se percató de que Xandro sonreía más de la cuenta. Al instante, se dijo que más le valía no mirarle tanto la boca pues se moría por besarlo.

–¿Estás bien? –le preguntó Xandro.

–Sí, claro, muy bien –mintió Ilana, obviando que ni comía ni dormía–. ¿Y tú?

–Ya me ves –contestó Xandro, encogiéndose de hombros.

Era evidente que Xandro tenía algo en mente para haber organizado aquella cena e Ilana se estaba poniendo cada vez más nerviosa, así que probó el vino para ver si se relajaba, pero entonces recordó que apenas había comido un yogur aquella mañana, así que cambió al agua.

Ilana no quiso tomar postre. Xandro pidió un sorbete, le ofreció una cucharada y, cuando ella se negó, apartó el sorbete y se quedó mirándola muy serio.

–Le pedí a una mujer que se casara conmigo y me rechazó –le contó.

Ilana no contestó.

–Por circunstancias de la vida, terminó en mi casa y en mi cama –continuó Xandro–. Me has cambiado la vida, Ilana –añadió con ternura–. Amarte es mucho más de lo que creía posible.

Ilana no se podía creer lo que estaba escuchando.

–Nada de lo que te dije te convenció para que te quedaras –concluyó Xandro, apretando los dientes–. Era lo más importante de mi vida y no me salió bien. Te quiero. A ti. Te acepto tal y como eres y quiero compartir la vida contigo, te quiero a mi lado para siempre –continuó Xandro, arrodillándose ante ella–. ¿Te quieres casar conmigo? Por favor, deja que te ame todos los días de tu vida –añadió, sacándole el anillo de diamantes del bolsillo y colocándoselo en el dedo–. Aquí es donde debe estar.

Ilana sintió que una lágrima le resbalaba por la mejilla. No podía hablar. Se quedó observando fascinada cómo Xandro se ponía en pie, la tomaba de la mano, la apretaba contra su cuerpo y la besaba.

Ilana lo abrazó con fuerza y lo besó también, perdiendo la noción del tiempo.

–Te quiero –le dijo sencillamente.

–Quiero pedirte otra cosa –añadió Xandro.

–Sí –contestó Ilana.

–Pero si no sabes lo que te voy a pedir –se rio Xandro.

–Me da igual, la respuesta sigue siendo sí.

Xandro volvió a besarla.

–Cuando volvamos a casa, quiero que sea como marido y mujer.

Ilana llevaba dos semanas sin él y no quería esperar ni una sola noche más, así que protestó.

–Tengo la licencia y un cura esperándonos en la habitación de al lado junto con tu madre y Micky –la silenció Xandro.

Ilana lo miró sorprendida.

—¿Tan seguro estabas?

—No —contestó Xandro con expresión vulnerable.

Lo cierto era que se había pasado muchas noches en vela reuniendo el valor suficiente como para planear aquella noche y agonizando ante la posibilidad de que Ilana no quisiera pasar la vida junto a él.

—Si prefieres una boda por todo lo alto, lo haremos así.

—No, esta es perfecta —contestó Ilana besándolo en la mejilla.

Xandro hizo entonces una señal al maître y, en un abrir y cerrar de ojos, había velas y orquídeas blancas por todas partes, apareció el cura acompañado por Liliana y Micky, ambas al borde de las lágrimas. En una ceremonia sentida y sencilla, el cura convirtió a Ilana y a Xandro en marido y mujer. Fue emocionante y espiritual y muy especial.

Sus promesas fueron sencillas, pero profundas... amarse y respetarse durante toda la vida. Cuando llegó el momento de que el novio besara a la novia, Xandro se inclinó ante su esposa con tanta reverencia, que a Ilana se le saltaron las lágrimas.

Después, hubo champán y risas, un violinista que interpretó canciones de amor y más comida. Liliana hizo fotografías con su cámara y a las once abandonaron todos juntos el restaurante.

—¿Tienes algo que decirme? —le preguntó Xandro a Ilana mientras conducía hacia casa.

–Que te quiero –contestó Ilana, mirándolo–. Mucho.

–Es recíproco.

Al llegar a casa, Xandro la llevó directamente a su dormitorio y le hizo el amor con tanta reverencia, pasión, ternura y deseo, que Ilana terminó llorando de felicidad y quedándose dormida entre sus brazos.

En aquella ocasión, Xandro también se durmió.

Capítulo 14

AL día siguiente, se levantaron tarde, se ducharon juntos, se vistieron de manera informal y bajaron a desayunar a la terraza. Hacía un día precioso, brillaba el sol y una suave brisa jugaba con los árboles.

El día anterior, Ilana había accedido a convertirse en la esposa de Xandro Caramanis porque no quería vivir ni un solo minuto de su vida sin él, había decidido arriesgarse. ¿Y si le salía mal?

—Saldrá bien —le aseguró Xandro.

—¿Siempre me lees el pensamiento? —sonrió Ilana.

—Me encanta discernir lo que estás pensando.

—¿Tan transparente soy?

—Solo para los que te queremos.

Ilana se quedó mirándolo intensamente, pero no consiguió saber en qué estaba pensando.

—Tú enmascaras tus pensamientos muy bien.

—Es que tengo mucha práctica —le explicó Xandro—. A mi padre se le daban muy bien los negocios, pero su vida matrimonial era un desastre.

A continuación, le explicó a Ilana en pocas palabras cómo había sido su infancia, una infancia compartida con varias madrastras a las que no les importaba en absoluto y con un padre al que raramente veía, una infancia que lo había convertido en el hombre que era.

—Con el ejemplo de mi padre, me parecía lo más normal del mundo que el matrimonio fuera una asociación conveniente para ambos miembros basada en la confianza y en la fidelidad.

—Sin ningún tipo de ingrediente emocional.

—Exactamente. Me parecía que podía funcionar.

—Pero yo no estuve de acuerdo.

—Efectivamente —sonrió Xandro.

—Aun así, quisiste protegerme.

—Sí.

—Y te debo la vida.

—Pero te fuiste de todas maneras —se apenó Xandro.

Ilana comprendió que él también había sufrido.

—¿Te parece mal que me fuera? Lo hice porque quería que me quisieras. Amar y ser amado es el regalo más grande del mundo. No tiene precio.

Xandro se puso en pie y se acercó a ella por detrás, le colocó las manos sobre los hombros y las deslizó hasta sus pechos en una caricia íntima y personal.

—Te quiero —le dijo al oído.

Ilana deseó en aquel momento darle a aquel hombre la familia que nunca había tenido. Hijos, hijos de pelo oscuro que se parecieran a su padre y niña rubias a las que él adoraría y protegería.

—Tenemos que subir a hacer el equipaje —anunció Xandro.

—¿Ah, sí?

—Sí, nos vamos a una pequeña isla griega.

—Muy bien.

—¿No vas a preguntar nada? —se rio Xandro.

—No, lo único que necesito saber es que vamos a ir juntos —contestó Ilana.

Xandro la besó y la miró a los ojos.

—Cuenta con ello —le dijo—. Tú y yo. Para siempre —añadió, tomándola en brazos.

—¿Adónde me llevas ahora?

—A la cama.

Ilana se rio mientras le pasaba los brazos por el cuello.

—¿Pero no habías dicho que tenemos que hacer el equipaje?

—Dentro de un rato —contestó Xandro subiendo las escaleras.

—Pero el avión...

—Nos esperará.

—¿También puedes hacer que un vuelo comercial espere?

—No es un vuelo comercial, es mi jet privado.

—Ah.

Aquella fue la última palabra que Ilana pronunció durante algún tiempo. Después de comer, pararon en su casa para recoger ropa y se dirigieron al aeropuerto. En pocos minutos, estaban a bordo del avión privado de Xandro, cómodamente sentados.

—Ahí está —anunció Xandro.

Ilana se apretó contra él y miró por la ventana.

Efectivamente, se trataba de una isla muy pequeña, tan pequeña que, según lo que le explicó Xandro, tendrían que aterrizar en una mayor y tomar
un barco para llegar a ella.

–Pertenece a la familia de mi padre desde hace
siglos. A mi padre le encantaba venir. A dos de
sus mujeres les daba terror que estuviera en mitad
de la nada y otra le exigió que construyera un
moderno edificio para hacer soportable las estancias.

En un rato, estaban en una pequeña embarca-
ción saltando sobre las olas del mar Egeo. Llegaron a la preciosa isla donde el aire era fresco y
limpio y olía a sal. Desde la playa, Ilana vio un
edificio blanco cubierto de vegetación.

Una vez dentro, Xandro le presentó a los guar-
deses, que se retiraron dejándolos a solas.

–¿Sueles venir a menudo?

El dormitorio principal era enorme, con crista-
leras desde el techo hasta el suelo, una cama muy
grande, dos baños y dos vestidores.

–Es un lugar idílico para relajarse y descansar.

¿Habría llevado a otras mujeres a aquella isla?

–No –dijo Xandro.

–No sabes lo que estaba pensando.

–Claro que lo sé –contestó Xandro, acercándose a ella y besándola de tal manera, que Ilana
sintió que el deseo se apoderaba de ella y le daban ganas de tirarlo sobre la cama y poseerlo–.
¿Damos una vuelta? –propuso sin embargo.

–Preferiría quedarme aquí contigo –contestó
Xandro.

—Anda, por favor, te prometo que luego lo retomaremos donde lo hemos dejado.

Xandro se rio, la tomó de la mano y bajaron a la playa, tomando un sendero que llevaba a una cueva de rocas. Ilana se quitó las sandalias y se remangó los pantalones.

—Te aconsejo que hagas lo mismo con tus pantalones si no quieres echar a perder unos preciosos Armani con la sal del agua.

Xandro la miró divertido, enarcando las cejas e Ilana se dijo que llevaba demasiado tiempo trabajando y rodeado de mujeres sofisticadas que habían perdido la sencillez y el gusto por la vida espontánea.

Xandro se quitó los calcetines, los zapatos y los pantalones mientras Ilana no le quitaba los ojos de encima y sonrió satisfecha. A continuación, lo agarró de la cintura y juntos volvieron caminando por la orilla del mar hacia la casa.

—¿Quieres beber algo fresco?

—Lo único que quiero eres tú —contestó Ilana.

Xandro sonrió de manera sensual, la tomó de la mano y la llevó escaleras arriba.

—Te habías quedado con las ganas, ¿eh? —se rio.

—No te lo puedes imaginar —se rio Ilana entrando en el dormitorio.

En aquella ocasión, ella llevó las riendas, lo hizo jadear de placer hasta que el corazón le latía tan aceleradamente, que Xandro creyó que se le iba a salir del pecho. Ilana se tomó todas las libertades que quiso y lo acarició con las yemas de los dedos, con los labios y con la lengua allí donde le apeteció.

Cuando Xandro estaba a punto de explotar, la penetró y dejó que tomara él el control. Xandro así lo hizo y la llevó al orgasmo, haciéndola gritar y siguiéndola a continuación en un orgasmo común mucho más potente que cualquiera que habían compartido hasta el momento.

Después, se quedaron abrazados en la cama, Ilana suspiró mientras Xandro le hacía cosquillas por la espalda.

En la isla, pasaron días maravillosos e idílicos, nadando, explorando las cuevas cercanas, sin obligaciones sociales y sin necesidad de vestirse de fiesta, comiendo solo cuando tenían hambre y haciendo el amor al atardecer.

Ilana perdió la noción del día que era, pero se dio cuenta de que podría estar muy bien embarazada de Xandro. Por supuesto, tendría que esperar a que se lo confirmara el médico, pero quería compartir su alegría con su marido, contarle que, tal vez, habían hecho posible un milagro entre los dos.

Le dio la noticia durante la última noche que pasaron en la isla y se lo dijo mientras paseaban a luz de la luna por la orilla del mar.

La reacción de Xandro fue tal y como Ilana había esperado.

—Lo eres todo para mí, amor mío —le dijo Xandro tomándola entre sus brazos—. Eres el aire que respiro, el amor de mi vida, no lo dudes jamás.

—Soy tuya —contestó Ilana sinceramente—. Ahora y para siempre.

Bianca

Podría expiar los pecados de su hermana convirtiéndose en su esposa

El único lazo de Jemima Barber con su difunta hermana melliza, una astuta y artera seductora, era su sobrino. Cuando el padre del niño irrumpió en sus vidas para reclamar al hijo que le había sido robado, Jemima dejó que el formidable siciliano creyese que era su hermana para no separarse del bebé.

Aunque la madre de su hijo era más dulce de lo que Luciano Vitale había esperado, estaba decidido a hacerle pagar su traición de la forma más placentera posible. Pero cuando descubrió que era virgen su secreto quedó al descubierto.

HARLEQUIN *Bianca*

LYNNE GRAHAM

HIJO ROBADO

HIJO ROBADO
LYNNE GRAHAM

Acepte 2 de nuestras mejores novelas de amor GRATIS

¡Y reciba un regalo sorpresa!

Oferta especial de tiempo limitado

Rellene el cupón y envíelo a

Harlequin Reader Service®
3010 Walden Ave.
P.O. Box 1867
Buffalo, N.Y. 14240-1867

¡Si! Por favor, envíenme 2 novelas de amor de Harlequin (1 Bianca® y 1 Deseo®) gratis, más el regalo sorpresa. Luego remítanme 4 novelas nuevas todos los meses, las cuales recibiré mucho antes de que aparezcan en librerías, y factúrenme al bajo precio de $3,24 cada una, más $0,25 por envío e impuesto de ventas, si corresponde*. Este es el precio total, y es un ahorro de casi el 20% sobre el precio de portada. !Una oferta excelente! Entiendo que el hecho de aceptar estos libros y el regalo no me obliga en forma alguna a la compra de libros adicionales. Y también que puedo devolver cualquier envío y cancelar en cualquier momento. Aún si decido no comprar ningún otro libro de Harlequin, los 2 libros gratis y el regalo sorpresa son míos para siempre.

416 LBN DU7N

Nombre y apellido	(Por favor, letra de molde)
Dirección	Apartamento No.
Ciudad	Estado	Zona postal

Esta oferta se limita a un pedido por hogar y no está disponible para los subscriptores actuales de Deseo® y Bianca®.
*Los términos y precios quedan sujetos a cambios sin aviso previo.
Impuestos de ventas aplican en N.Y.

SPN-03   ©2003 Harlequin Enterprises Limited

FLYNN

Chantaje amoroso

MAXINE SULLIVAN

¿Qué mejor manera de vengar-
se de una traición que seducir a
la mujer del traidor? El rico y poderoso Flynn Donovan había
ideado el plan perfecto para con-
seguirlo. Sabiendo que Danielle
Ford no tendría manera de sa-
ldar la deuda de su difunto esposo, Flynn le exigió el pago del
préstamo y la chantajeó para que
se convirtiera en su amante.
Pero entonces descubrió que
Danielle estaba embarazada de
su enemigo.

La venganza es tan dulce...

¡YA EN TU PUNTO DE VENTA!

Bianca

Quería ganar a toda costa aquel juego de seducción...

Cuando el viudo Stefano Gunn conoció a Sunny Porter, una becaria que trabajaba en un bufete, se dio cuenta al instante de dos cosas: era la persona perfecta para cuidar de su hija y también era con diferencia la mujer más seductora que había conocido en su vida.

Cuando Stefano logró persuadir a Sunny para que cambiara la toga de abogada por el uniforme de niñera, se centró en la innegable atracción que había entre ellos. Aunque Sunny se mostrara reacia a atravesar la barrera que separaba lo profesional de lo personal, él no iba a huir de aquel reto.

CORAZÓN EN LIBERTAD
CATHY WILLIAMS